品嘗好書　冠群可期

黃金豹

江戶川亂步

品冠文化出版社

目錄

黃金豹

少年偵探⑬

黃金豹

江戶川亂步

夢幻豹

在東京都內出現「夢幻豹」，引起了騷動。

在某個明月高照的美麗夜晚，一名中學生由同學家要回家的路上，經過一棟大洋房前。

這個寂靜的地方，雖然才九點，但是街上已經沒有行人了。空中高掛著閃耀光芒的明月。沿著低矮的水泥牆，洋房的屋頂被月光映照得一片雪白。

屋頂上有一隻大貓，悠閒的走著。

「咦?好大的貓啊!」

中學生嚇了一跳，停下腳步來。

貓從屋頂上不斷的朝這兒走來，牠比普通的貓大十倍。更不可思議的是，全身好像用金子鑲成似的，閃耀著黃金般的光芒。在這個金色的身體上可以看到黑色的斑紋。

「啊！不是貓，是豹。」

中學生感覺身體發麻，想逃卻僵在那兒，動也動不了。

但是，實在是太美麗了，金色豹在月光的照射下，閃耀著美麗的金黃色光芒。

走到屋頂邊緣時，散發出綠色光芒的兩隻眼睛，一直瞪著這邊看。

中學生害怕得幾乎快停止了呼吸。

豹爬上東京街道的屋頂上，這真是連作夢都想不到的事情。而且這傢伙不是黃色，而是金色的。當然不是因為月光的關係，牠的確是金色的，是黃金豹、夢幻豹。

這時，豹從洋房的屋頂跳到庭院中，畫出一道金色的彩虹。

牠消失在水泥牆中一陣子，不過，後來看到有著透明圖案的鐵門，

那邊閃耀著金色的光芒。

中學生嚇了一跳，看到金色怪物越過門扉，慢慢朝這兒走了過來。

「哇……」

中學生嚇得大叫，當場倒了下來。豹似乎要飛撲過來了，到時候也許牠的前足會踩在中學生的胸前開始咬他，看來已經無路可逃了。

但是，豹看都不看倒下的中學生一眼，通過他的旁邊，消失在對面巷子的轉角處。

就在這個時候，從相反方向聽到了雜沓的腳步聲。原來是一名警察聽到中學生的叫聲而趕緊跑了過來。

「怎麼回事？你振作點。」

警察扶起了中學生，問他發生了什麼事。

「是豹，好大的豹，往那兒去了……」

中學生用顫抖的手，指著對面巷子的轉角。

「什麼？你在作夢吧……這個地方怎麼會有豹呢？」

「不，是真的，而且是金色、很奇怪的豹，剛剛轉過那個轉角，應該還在那附近。」

「好，那麼我去確認一下，不可能會有這種事的。」

警察說完之後，便朝著巷子轉角跑去。

轉個彎，迎面走來一個人，在月光的照映下，看到一個白色鬍子垂到胸前、穿著非常氣派的格子條紋西裝、拄著手杖的老爺爺。

「老爺爺，你剛剛有沒有看到大的動物通過啊？不是貓也不是狗，是很大的動物，帶有金色光芒的動物。」

警察詢問時，老爺爺以茫然的表情說道：

「沒有，沒有什麼東西通過，連一隻貓都沒有呢！」

說完之後便露牙笑了起來。

中學生看到的黃金豹就這樣失蹤了，直到第二天也沒有再出現。

大家都認為那個中學生可能是在作夢。

「我沒有騙你，我真的看到了。是比貓還大十倍的金色豹。」

即使中學生再怎樣說明，也沒有人相信。

銀座的怪事件

一週後的某天傍晚，銀座街上著名的美術商，「美寶堂」的陳列室裡，聚集了許多前來欣賞美術品的客人。

在一邊的牆角，陳列著幾尊如人一般大的古老佛像，而在旁邊的長櫃上則有一些古董。此外，還有刻畫美麗花紋的中國古典大花瓶。

在這些美術品中，最引人注目的是一隻金色的大豹擺飾。全身散發著金色光芒，身上夾雜著黑色斑紋，豎立前足，就好像神社前的石獅子般的坐在那兒。

「哇！真漂亮，好像真的一樣。」

「你看，眼睛還散發出綠光，就好像要撲過來似的。」

「很少看到這麼大的豹的擺飾，而且全身都帶有金色呢！」

通過豹前面的人，都異口同聲的讚美著。

一名紳士來到美術店的經理面前，問道：

「擺在那兒的金色豹真的很漂亮，是誰做的？是什麼時代的東西啊？」

經理驚訝的說道：

「咦？金色豹？我們沒有陳列這種東西啊，你在那兒看到的？」

詢問對方。

「在哪兒？就在那裡啊！那裡聚集了很多人，就在佛像的旁邊。」

「咦？是嗎？奇怪，我不記得有豹的擺飾啊！」

經理歪著頭站了起來，怎麼也想不通。趕緊走了過去，撥開顧客

來到前面，真的看到一隻大的金色豹坐在那兒。

經理非常訝異，根本不記得有這隻豹的擺飾。在這之前都一直沒有發現這隻豹的蹤影。到底是誰？什麼時候把這麼大的擺飾拿到這兒來的？他根本想不透。

就在這個時候，

「啊！動了，豹動了！」

聽到有人這樣叫著。

啊！大家快看，金色豹真的動了。前腳和肩膀不斷的抖動著，頭往上抬，張開大口。口中是鮮紅的，露出的白牙非常尖銳。

看到之後，聚集的客人慌慌張張的四處逃竄，經理也逃走了。霎時美寶堂店內沒有任何人影，就好像空店一樣，只有一隻金色豹在偌大的店中悠閒的走著。牠走到了門口。

「哇！是豹，金色的豹走出來了。」

走在銀座街上的人，立刻四處奔逃。

已經是黃昏時分了，電燈的光比天空看起來更亮。

在距離美寶堂門口一百公尺處，熱鬧的銀座街無人通過，甚至連電車、汽車都停了下來。

日落時分，一隻閃耀著金色光芒的豹，在空蕩蕩的銀座街道上悠閒的走著。

有人通知了警察，十名警察趕來，手上拿著手槍。

雖然豹沒有危害人類，但因為牠是猛獸，不知道會做出什麼樣的事情來，所以，仍必須儘早射殺牠才行。但是，如果從遠處射擊而沒有射中要害，結果反而會更加危險。警察們想要近距離的射殺牠，因此小心謹慎的跟在豹的身後追趕而來。

散步在銀座街道上的青年們，有些喜歡冒險而跟在警察的身後看熱鬧。警察也打電話給上野動物園，請求他們趕快派熟悉處理豹的人

趕來銀座，希望能夠活捉牠。

豹的前方一百公尺處已經沒有人影，四周變得非常寬廣。豹不斷的前進，而群眾則像波浪般地跟在牠的身後。

終於，豹繞過了街道轉角。這時，街道上一個人影也沒有，商店全都大門緊閉，深怕豹鑽進店中。

豹就這樣來來回回，悠閒的走在許多巷道中，並沒有拔腿就跑。

十名警察就在距離牠五十公尺遠的後方，另外十幾名看熱鬧的人也小心翼翼的跟在警察的後面。警察打算縮短與豹之間的距離，然後再用手槍射殺牠。

如入無人之境般的閃耀著金色光芒的黃金豹，還有在其身後默默跟蹤的警察們，呈現了異樣的光景。

貓住宅

不知道什麼時候，豹離銀座越來越遠，來到了寂靜的巷道。這裡沒有商店，兩側都是圍牆環繞的住宅區。

來到這個寂靜的巷道時，情況突然變得不一樣了。豹站在路中央，而且回頭看，在黑暗中散發出綠色光芒的眼睛，就像磷火般，讓人覺得毛骨悚然。

看到這種情景，警察不禁停下了腳步。如果豹朝這兒撲過來，就必須趕緊準備好槍枝加以射殺。

但是，豹只是站在那兒回頭瞪著警察而已。

並沒有要朝這兒撲過來的意思。

人類與猛獸之間奇妙的互瞪持續了一陣子。突然，豹好像受到驚

嚇似的，開始全身顫動，以驚人的速度往前跑去。

「喂，別跑！」

警察們說著，立刻追趕豹。但是，人無法趕上豹奔跑的速度，雙方的距離越拉越遠。

豹繞過了兩個轉角，來到了紅色磚牆圍繞的地方。牆內是古老木頭建造的洋房。到底是誰的住宅呢？

這時黃金豹突然越過磚牆，一下子就跳到了牆上，回頭瞪了警察一會兒，然後就跳到圍牆內了。

警察隊就這樣的站在門前，但是，一定要通知裡面的人，豹已經闖入他們家。

門是打開的，裡面有高大的棕櫚樹，在棕櫚樹的對面可以看到洋房的入口。

持槍的警察們，小心的看著周圍進入門內，但是，並沒有看到豹的蹤影。一定是繞到後院去了。

警察們兵分兩路，從左右兩邊繞到後院去。好像是身為隊長的警察留下來，按下洋房大門口的門鈴。

一會兒門打開了，出現一名老人，老人用懷疑的眼光，一直打量著警察。

老人戴著寬邊的玳瑁眼鏡，雪白的鬍子留到胸前，穿著華麗格子條紋西裝，看起來不像是傭人，應該是主人。

「發生可怕的事情了，一隻豹越過你們家的圍牆，跑到後院去了，現在大家正在庭院中搜索。如果豹跑到你們家去就糟糕了，請你趕緊把窗戶關起來。」

聽到警察這麼說，白鬍子老人笑呵呵的說道：

「說到窗戶，我家的窗戶全都關好了。事實上，我們家有很多動物，為了不讓牠們跳出窗外，早就把窗子關好了。」

「你說有動物？」

警察以奇怪的表情問道。

「是啊！是小動物，貓，共有十六隻貓，都是我可愛的朋友呢！稍不留意，牠們就會從窗子逃走，所以窗子隨時都是緊閉著的。」

竟然有十六隻，真是讓人感到驚訝。這個住宅就好像是貓住宅似的，而這個老人就好像是貓爺爺。

正在談話時，有些貓從裡面跑了出來。白貓、黑貓、雜色貓，各種顏色的貓聚集在老爺爺的後面。

「噓、噓，你們趕快到裡面去，可怕的豹跑來了，到時候被牠吃掉可就糟糕了，你們全部躲到裡面去。」

老爺爺好像在對人說話似的對貓兒們這麼說，而貓也好像聽得懂這番話似的，一隻隻陸續的回到裡面去了。

這時，聽到門外有腳步聲，原來是搜索庭院的警察回來了。

「真奇怪，豹消失了。我們從兩邊繞到後院，檢查了假山（在庭院中做成山形的小高丘）上面以及樹叢中，可是都沒有發現豹。」

聽到警察這麼說，白鬍子老人笑著說道：

「那個豹應該是金色的吧！」

「是啊！是全身金色的怪豹。」

「哇呵呵呵……可能真是傳聞中的『夢幻豹』吧！那傢伙已經消失不見了。」

老爺爺露出奇怪的笑容這麼說著。

警察在附近進行大搜索。除了先前的十名警察之外，還有很多警察和消防隊員也趕來，在各街道搜索。

但是，都沒有發現豹的蹤影，好像真的消失不見了。難道那真的是妖豹嗎？還是「夢幻豹」呢？

貓住宅的貓爺爺，也是可疑的人物。先前中學生遇到豹的時候，

在豹消失的巷子裡出現的老爺爺，也留著長長的白鬍子，而且穿著同樣的格子條紋西裝。每當夢幻豹消失時，老爺爺就會出現，這到底是什麼意思呢？其中隱藏什麼秘密呢？

怪獸與寶石

在美寶堂怪事件發生後的第三天，銀座街上的商店又發生了可怕的事情。這次不是美術商，而是寶石商的店中突然出現了黃金豹。

著名寶石商的寬廣店中，有很多大的玻璃陳列架，客人可以在玻璃櫃與玻璃櫃之間自由行走。

晚上八點鐘，店裡有十幾名男女客人，七名店員忙著將寶石胸針與項鍊等從盒子中取出讓客人鑑賞。這時一名女客人看了店內的角落，突然面露奇怪的神情，對店員問道：

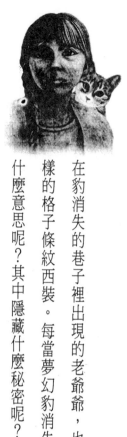

「咦?那是什麼啊?那個櫃子對面的金色大東西在動耶。」

店員嚇了一跳，趕緊往那兒看。

真的是閃耀著金色光芒的大東西，在玻璃櫃的對面移動著。玻璃櫃會反射燈光，在其對面看不清楚，但是，的確有個不知名的東西在那兒移動著。

店員和女客人一直看著這個東西，而其他的店員和客人也將眼光移到那個方向。

「哎呀!」

聽到了可怕的悲叫聲。兩名女客人叫了起來。就好像遇到大地震似的，店員和顧客們全都倉皇奪門而逃。

最後逃出來的店員將入口的玻璃門關上，隔著玻璃門看著店內。

這時，看到一隻閃耀著金色光芒的豹，抬起前腳掛在玻璃櫃上，好像站在那兒似的。上半身出現在玻璃櫃上，用可怕的眼光瞪著這邊。

一名店員趕緊跑到隔壁的商店，打電話通知警察。附近的商店全都慌慌張張的關上大門，走在銀座街上的人，全都逃離了寶石商店門口，頓時就好像半夜一樣，這附近空無一人。

勇敢的十名看熱鬧的人和寶石商的店員，隔著緊閉的玻璃門看著店內的情況。

黃金豹開始做出奇怪的事情。牠打開玻璃櫃的門，將陳列在玻璃板上的鑽石胸針和珍珠項鍊用前腳一一夾著，放進自己口中。哇！黃金豹竟然在吃寶石。

全都是價值千萬、百萬的昂貴珠寶，豹陸陸續續的，竟然將它們給吃掉了。

「啊！不行，那傢伙也許會把店裡的寶石全都吃掉。我從來沒聽說過豹會吃掉寶石……」

在外面偷看的店員們耳語著。這時傳來雜沓的腳步聲，五名手持槍枝的警察跑了過來。

警察們來到寶石商的店前，隔著玻璃門看著裡面的情景。

「啊！是那傢伙，就是那個金色的傢伙。快！快！把門打開，我要用槍射殺牠。」

店員打開門，五名警察全都跑了進去。

但是，黃金豹的動作比警察更迅速。當牠看到門被打開時，立刻停止了吞寶石的動作，然後轉身朝店裡跑去。那是接待顧客的特別房間。豹跳進那個房間，用後腳「啪」的把門關上。

警察站在門外想打開門，但是，因為關門的力道太強，門鉤好像被震落了下來而扣上門，因此門打不開。

「沒辦法，只好破門而入了。」

一名警察用身體猛力撞門，一陣嘎喳嘎喳的聲響，好不容易終於把門板給撞破了。警察從破洞處伸手進去鬆開門鉤，啪的打開門，跑

進房間內。

房間內空無一人，而且窗子是緊閉的，內側已經用鉤子鉤上了，窗外還有粗大的鐵欄杆鑲著。

真的是夢幻豹。

金色怪物在這個房間裡就好像煙一樣消失了。豹所吞掉的許多寶石也不見了。

奇怪！一隻大動物在沒有出口的房間裡是如何消失的呢？這根本是不合理的事情。

當然，這一定是有秘密的，一定是意想不到的圈套。

怪獸與鈔票

寶石商的怪事件，在第二天的報紙上被大篇幅報導，震驚了所有東京都的人。

普通的豹出現在街道上都會引起大騷動，更何況是閃耀著金色光芒的神奇豹。而且那傢伙好像會隱身術似的，突然就消失了。能夠自由消失，相對的，也一定能夠自由的出現在任何地方。

想到此處，東京都民晚上根本就睡不著覺。

在寶石商事件過後兩天的下午，黃金豹出現在日本橋的江戶銀行。在銀行關門之前，一名老紳士拿著介紹信來拜訪經理。那是個穿著灰色衣服、戴著大眼鏡、留著白鬍子、面容慈祥的六十歲老人。

因為有其他的客人上門，因此，經理請他暫時在接待室等候。

女事務員請老人到接待室，關上門離去之後，老人走到朝向小巷的窗邊，悄悄的將窗子打開。啾—啾—吹了兩聲口哨，好像在叫喚什麼東西似的……接著到底發生了什麼事，根本沒有人看見。

等到客人回去之後，銀行的經理立刻趕往老人在等候的接待室，

但是，當經理若無其事的打開門，打算走進房間時，經理「啊！」的叫了一聲，立刻轉身逃向走廊。

經理到底看到了什麼？

接待室的正中央有張桌子，桌旁的椅子上竟然坐著一隻金色的豹，兩隻前腳擺在桌前，散發著綠光的眼睛瞪著這兒。先前那個白鬍子的老紳士一下子就變成了黃金豹。

「是黃金豹，救命啊！」

經理大叫著，跑到走廊。

這時，豹已經走出接待室，跟在經理的身後。

挑高的銀行中央部，有幾十名事務員坐在桌前辦公，當經理跑過來時，慌慌張張的對著一名事務員說道：

「糟糕了，接待室有黃金豹，趕快打電話通知警察。」

經理大叫著。

聽到這個聲音，幾十名事務員全都回頭看著經理，並且發現經理的後方有一隻金色的豹正在那兒悠閒的走著。眾人全都「哇！」的大叫，驚慌失措的從椅子上逃走。

經理聽到他們的叫聲，趕緊回頭一看，黃金豹就在他的身後。發現到這一點之後，經理也「哇！」的大叫，拔腿就跑。

黃金豹跳到桌上，越過幾張桌子，朝大家逃走的方向接近。

豹在銀行裡通行無阻，悠閒的走著，越過了很多桌子，甚至毫無忌憚地跑到金庫室去。

事務員們「哇、哇」的大叫著，四散奔逃。

黃金豹不知道想起了什麼，離開了事務室，開始爬上從走廊通往二樓的階梯。二樓有會議室和董事室。

女接線生急忙打電話到董事室，傳達訊息：「趕緊關上門，不要讓黃金豹進去。」

不久之後，一名董事出現在階梯上。

「喂，豹在哪裡啊？我們不能一直把門關著呀！打開門往這兒瞧，可是根本沒有看到豹啊！」

詢問聚集在下面的眾人們。

大家戰戰兢兢的爬上樓梯，檢查二樓所有的房間，但是，並沒有發現豹。因為銀行裡有幾處樓梯，所以，可能到沒有人的後面的樓梯，下樓梯跑到後面去了。外面天色還很亮，金色豹不可能不被人發現的。

大家都走到銀行外，大街小巷都找遍了，甚至詢問汽車駕駛，但是都沒有人看到豹。

夢幻豹真的像煙一般的消失了，但事情還不只如此而已。

「啊！糟糕了，一百萬（相當於現在的一千萬日幣）的鈔票有十疊都不見了。」

檢查金庫室的一名事務員大叫著。

這名事務員在豹出現之前，正在金庫室裡整理鈔票。所以他知道那裡擺著幾疊一千萬的鈔票。可是現在那些鈔票已經不見了。

黃金豹曾經進過金庫室，但是，牠不可能吃掉十疊一百萬的鈔票，因為牠進入金庫室的時間很短暫。

不久之後，十幾名警察趕到，急忙搜尋整個銀行。但是，並沒有發現黃金豹以及一千萬鈔票。

怪獸和鈔票，就如煙霧般的消失了。

怪獸與兩位少年

在銀行事件發生的第二天晚上，名偵探明智小五郎的年輕助手，也就是擔任少年偵探團團長的小林芳雄，去拜訪朋友園田武夫，兩人在書房裡聊天。

園田就讀中學一年級，在團員中是最聰明、最有勇氣的少年，因此被選為副團長，也是小林的諮商顧問。

園田家是在麴町六番町安靜的住宅區，距離明智偵探事務所並不遠。

園田的爸爸是某公司的董事，他們家非常的大，而且有廣大的庭院。

園田的書房是六個榻榻米大的西式房間，桌子擺在窗邊，窗外是種植了很多樹木的廣大庭院。

兩個人正在討論著夢幻豹的事情。

「那個白鬍子的老爺爺確實有點奇怪喔！在明月高掛的夜晚，中學生看到黃金豹從屋頂上跳下來，消失在巷子的轉角，而此時在巷子裡卻出現了白鬍子的老爺爺。此外，從銀座美術商店逃走的豹，溜進了築地（地名，位於東京都內，有名的漁市場）洋房的圍牆內消失不

見，而這個圍牆內，竟然住著一個白鬍子的貓爺爺。昨天的銀行事件也是如此，白鬍子老爺爺去拜訪經理，在接待室等候時，金色豹就出現了。因此，我認為應該喬裝打扮，偷偷溜到貓爺爺家去調查一下。」

小林團長這麼說時，園田少年也點頭說道：

「嗯！我也覺得那個貓爺爺很可疑。但是，那個爺爺和金色豹有什麼關係呢？難道那位爺爺披著金色的毛皮，假扮成豹嗎？」

「我也是這麼想，但這是不可能的。人類的腿比豹的腿長，彎曲的方式也不同，除非這個人用四肢爬行，用膝蓋走路。但是，從膝蓋到腳趾會成為多餘的部分往後拖，所以根本沒有辦法掩飾。在漆黑的夜裡可能看不到，但是，在美術商店和銀行時還是黃昏時分，這麼長的時間又有這麼多人看到，不可能眾人都被欺瞞啊！我想應該是豹，而牠的金色光芒可能是用東西塗出來的。黃金豹讓人覺得有點毛骨悚然，為了驚嚇眾人，因此才會做出這種事情。」

「但是，那隻豹為什麼會像煙一樣憑空的消失呢？這一點我就不了解了。如果是老爺爺披著毛皮假扮的，那也不可能一下子消失，一下子出現，真的是很不可思議。難道真的是夢幻豹嗎？」

園田說完，突然聽到「嘿嘿嘿……」的可怕笑聲。

兩位少年聽到之後，嚇了一跳，互相對看。房間裡除了兩人之外，並沒有其他的人，那麼，一定是有人偷偷躲在門外的走廊上。

園田立刻站了起來，啪的打開門。走廊上的電燈已經打開了，在燈光中看不到任何人。為了謹慎起見，園田還跑到轉角看看對面，可是依然沒有看到任何人影。

「沒有人啊，真奇怪，可是的確有聽到笑聲呀！」

「嗯！不在走廊，難道在窗外嗎？」

小林說著，打開面對廣大庭院的玻璃窗往外瞧。

庭院中一片漆黑，藉著窗內照射出來的燈光，可以看到附近四周

的地面，但是，其他的地方則是一片漆黑。

「庭院中也沒有人啊！」

這麼說著，想要關上玻璃窗時，又聽到──「嘿嘿嘿……」的可怕笑聲，而且這次的聲音聽起來比先前更大。

「啊！那是什麼？」

園田壓低聲音說著。

在黑暗中，看到閃耀著光芒的東西趴在那兒。

那傢伙朝著這兒接近，而且已經走到窗子的光可以照到的範圍內。

「啊！」

兩名少年同時發出了可怕的叫聲。

哇！原來是一隻大的金色豹，只立起後腳站在那兒……。

千年魔豹

豹的身體在燈光的映照下，散發出炫目的金色光芒。可怕的大豹用後腳站立，前腳攀上了窗緣，瞪著房間內，咧開鮮紅的嘴「嘿嘿嘿……」的笑著。

動物是不可能會笑的，但豹卻會發出如人類般的聲音笑著，這是前所未聞的事情。不光是如此，而且讓人覺得非常可怕。

小林、園田少年就這樣四肢無力的癱坐在椅子上，動彈不得。目光好像被怪獸吸引似的，就算想要移開也移不開。

怪獸可怕的臉出現在窗外，同時開始說著人類的話。但不是人類的聲音，而是一種好像東西互相摩擦的聲音，就有如用擴音器放大耳語的聲音似的，真的是很難聽的聲音。

「園田，不管是豹的圖畫、擺飾、毛皮，只要是有關於豹的所有東西，你爸爸都會收集。他真的非常喜歡豹，所以我很喜歡你爸爸。

但是，我想要你爸爸最重視的那個豹的擺飾，你應該知道吧！擺在銀製籠子中的黃金豹。二十公分高的黃金豹擺飾，用銀籠子收藏著，就是那個。光是黃金的重量就很驚人了，還有身體黑色的斑點全都是用黑色的瑪瑙鑲製的，另外就是它的眼睛，那個黃金豹的兩個綠色眼睛都是鑽石，一個綠色鑽石大約三克拉以上，兩顆鑽石就價值幾百萬圓了。

那個可愛的豹張開鮮紅的嘴，口中應該是寶石。

豹的雕刻也非常的棒。據說是日本第一名人製作的美術品。你的爸爸絕對不會把那個東西賣掉吧？如果賣掉，大概價值幾千萬圓。我想要那個東西，不，我決定要得到它。

告訴你的爸爸，兩、三天內我一定會來把它取走的。我是歷經千年之劫（相當長的時間）的魔法豹，因此會說人話。即使你爸爸再小心，我也一定會把豹偷走的。就算找來警察我也不怕，因為我是魔法師。嘿嘿嘿……。就這麼約定了。要告訴你爸爸喔。……再見囉。」

怪獸用異樣的聲音說完之後，一個轉身離開了窗邊，消失在黑暗的庭院中。

兩名少年在怪獸消失之後，還是縮著身子，根本沒有辦法站起身來。後來終於拿出勇氣，離開了房間，跑到園田父親的房間裡，通知他這個可怕的事情。

當然，整個家中引起了一陣騷動，立刻打電話通知警察。在附近巡邏的員警也跑了過來。許多警察拿著手槍、打開手電筒，在廣大的庭院中找尋，但是，並沒有發現黃金豹。幾乎會隱身術般的怪獸，就這樣的消失了。

園田的父親最重視的純金豹，竟然成為怪獸覬覦的目標，他當然擔心不已。於是每天都有五名警察在園田家住宅內外監視著。但還是無法

令人安心，除了就讀大學，寄居在家中的兩名書生（寄住在他人家中、幫忙做家事的讀書人）之外，還加上從公司叫來的兩名柔道上段的職員負責輪番看守。

園田的好朋友也來了，那是負責守衛庭院的助造爺爺，他的功夫高明，腕力也強，手持尖銳的長鐵棒，在庭院中監視著。如果黃金豹出現，就用鐵棒打死牠。

園田家有個大的繪畫室，裡面陳列了許多日本豹、西洋豹的畫，而怪獸想要得到的純金豹擺飾，就在繪畫室正中央的玻璃陳列櫁中。擺在那裡當然很不安全，必須要藏起來才行。園田先生仔細思考藏豹的地方，結果決定把它藏在自己寢室的地板下。

但是，藏豹的事情如果被怪獸發現，那就糟糕了，所以，在進行時不敢讓任何人知道。可是要靠園田先生自己一個人挖掘地板，的確是很困難的事情。因此，只好拜託助造爺爺幫忙，而不讓其他的人或警察知道，甚至武夫也在事後才知道這件事情。

為什麼園田先生沒有找名偵探明智小五郎商量呢？園田武夫是少年偵探團的副團長，所以，他和小林團長一起極力建議父親找明智偵探商量，可是園田先生認為有警察保護，應該沒有問題，因此，不打算拜託明智偵探。

但是，後來非常後悔沒有拜託明智偵探，可是一切都來不及了。

放著純金打造的豹的銀色籠子，寬三十公分、高二十公分，是個小籠子。首先用塑膠布包幾層，然後放入堅固的木盒子裡，藏匿的地點是在園田寢室日式房間的地板下。

掀開榻榻米，拿掉地板，由助造爺爺拿著鐵鏟挖出下面的土，挖得很深時，再把木盒埋在洞底，上面再覆蓋原先的土。

園田先生在接下來的兩、三天都沒有離開寢室，甚至也在寢室裡用餐，洗臉盆和水也拿到房間裡，真的是非常小心謹慎。他打算坐在埋著

純金豹盒的榻榻米上，晚上則把寢具鋪在上面睡覺。

寢室周圍的房間裡有兩名書生、兩名公司職員監視著，而武夫和武夫的母親及傭人們都是自己能信任的人，庭院裡也有五名警察在巡邏，拿著鐵棒的助造爺爺瞪大了眼睛等著豹來，可說是非常嚴密的警戒。

防範得如此周延，即使是怪獸恐怕也無計可施了，園田先生終於可以安心了。但是，對方是歷經千年之劫的怪獸，不知道會用什麼魔法偷走黃金豹，所以想要安心也未免太早了。

其證明就是，黃金豹出現在武夫房間窗外的第二天，園田家的住宅陸續發生令人毛骨悚然的事情。

會動的毛皮

第二天傍晚，一名就讀大學的書生正在巡邏各房間，若無其事的走進繪畫室。先前提及，寬敞的繪畫室牆壁上掛著很多的日本畫和西洋畫，都是一些豹的畫。發生怪獸事件之後，感覺四面的牆壁上有很多豹都在瞪著自己，覺得很不舒服。

房間正中央的玻璃陳列檯，已經空了。大學書生聽說原本擺在裡面的豹擺飾已經藏了起來，但是不知道隱藏的場所。到昨天為止還擺在玻璃陳列檯中的銀籠和黃金豹已經不見了。

看到這種情況，他心裡覺得有點奇怪，根本忘記豹已經被藏了起來，甚至以為被怪獸偷走了。

房間的一面牆上有著一片寺院杉木的木板門，上面是古代名人所畫的豹畫，整個木板門都畫上略帶綠色的石山，一隻巨大的豹的前腳攀在岩石上，瞪著這兒。

不愧是名人之作，豹看起來栩栩如生。不管從任何角度看，都覺得豹在瞪著自己。而這幅畫就被命名為八方瞪人豹。

大學生遠望著這幅用木板門畫的豹畫。黃昏時，房間裡微暗，只有這幅畫看起來特別清晰，光芒耀眼。

「咦?這隻豹應該不是金色的啊……」

大學生突然覺得背脊發涼。老舊的畫的顏料有點剝落，整體看起來顏色有點朦朧，但是，今天卻可以清清楚楚的看到散發出金色的光芒。不僅如此，竟然感覺金色的大豹好像在動似的。

停下腳步仔細一看，沒錯，豹的確在動。如磷火般的眼睛瞪著這兒，張著血盆大口，尖牙從嘴中露了出來。

大學生想叫，但就是發不出聲音，想逃，腳卻無法移動。

這時，豹的上半身從木板門裡鑽了出來。啊!並不是繪畫，而是活的，是活的金色豹。

說時遲那時快，豹的身體已經鑽出了板門外。就好像立體電影似的跳了出來，悠哉地在地板上漫步。板門上原先畫著豹的地方，現在露出

黃金豹

了一個大黑洞。

大學生深怕豹飛撲過來把自己咬死，於是死命的發出叫聲。

「哇！救命啊……」

大學生連滾帶爬的逃出房間外。

聽到他的叫聲，另一名大學生以及公司的職員等全都趕了過來，而在庭院中的助造爺爺以及警察們也全都聚集而來。這時，離開了木板門的豹被大家從四面八方包圍。

家中的人手上拿著武器，從門口跑進繪畫室。不知是誰打開了電燈的開關，啪的房間裡亮了起來。窗外庭院中的警察們則握著手槍，對準窗子。

大家一起尋找豹，但是怪獸卻不見了，就好像煙一般的消失了。

大學生絕對不會看到幻影，因為木板門上豹離開之處還有一個大洞，這就是最好的證明。豹的確跑了出來。而趁大學生求助時，牠竟然利用短暫的時間隱身消失了。

但是，畫在畫上的豹，怎麼可能變成會動的活生生的豹呢？這是不可能發生的事情，好像是怪獸的奇術。

可能牠先挖掉了板門上畫豹的部分，然後黃金豹的身體對準這個洞，就好像畫一樣，一直待在那兒不動。

大學生進來時，牠故意從畫中跳出來，也許是想要嚇大學生。

「你看，我可以這麼輕易的進入房間裡，也可以假扮成繪畫裡面的豹喔。」豹好像得意洋洋的這麼說著，似乎要讓大家心浮氣躁，在措手不及時趁機偷走純金豹。

園田先生看到這種情況，心想，糟糕了。於是把大家叫到寢室，告訴他們絕對不可以掉以輕心，一定要更加嚴密防守，而自己則還是持續待在寢室裡守護著純金豹。

第二天早上，又發生了可怕的事情。

這一天，武夫去上學之前，父親吩咐他去取擺在客廳的洋文書。

寬廣、華麗的客廳裡，大搖椅以及長椅圍繞著圓桌，地上則鋪了地毯，上面擺著父親最喜歡的豹毛皮，長椅上也披著大的豹毛皮。毛皮有四隻腳和尾巴，只有頭是實物剝製的，就好像活的豹一樣。眼睛鑲著玻璃珠，嘴巴裡用尖牙裝飾，還有豎立的耳朵，做得非常精巧，感覺好像豹正在那兒怒吼似的。

掛在長椅上的毛皮頭，垂掛在扶手的外側。因為剝製的頭如果擺在椅子中，就無法坐得很舒服了。

武夫進入客廳，拿起父親吩咐的書正打算走到門口時，感覺長椅上垂掛的剝製豹頭似乎動了一下。

「咦?奇怪。」心裡這麼想，停下腳步往那兒一看，的確，豹頭在動。原以為是自己看錯了，但似乎並非如此，而且原本下垂的豹頭一點一點慢慢的往上抬起。

武夫嚇了一跳，逃到房間的角落，但是，並沒有逃出門外。他躲在一張搖椅的後面，只有眼睛露出來一直看著長椅。和昨天繪畫室同樣的怪異景象竟然出現在這個房間裡。

武夫是少年偵探團的副團長，雖然年紀不大，但是卻比大學生更有勇氣。長椅上的確發生了武夫所想像的可怕事件。

剝製的豹頭抬了起來，而毛皮的肩和前腳逐漸的膨脹，變成了活生生的豹的形狀。

其次是腹部，接著是臀部漸漸的膨脹起來，後腳也突然有了力氣，好像一頭活生生的豹似的，原本扁的毛皮卻利用四隻腳站了起來。

隨即豹從長椅上跳了下來，張開血盆大口。

「吼！」

發出可怕的叫聲。

豹的行蹤

武夫是少年偵探團的副團長，是個勇敢的孩子。看到這種情況並沒有逃走，反而躲在房間角落搖椅的後面，一直看著房間內的情況。

豹在房間裡來回踱步，慢慢的朝這兒接近。難道牠發現了武夫嗎？武夫嚇了一跳，縮著身子。搖椅後方空隙非常狹窄，因此，豹不可能立刻撲過來，但是，既然是能夠容納武夫，豹當然也能夠鑽進來。

武夫從椅子後面探出頭來看著這一切，而豹則慢慢的朝這兒走了過來，雙方距離只有兩公尺。

武夫全身冷汗直流，臉色蒼白，但是，目光並沒有移開，一直瞪著豹的臉。

可怕的豹臉，慢慢的朝自己接近，距離已經變成一公尺了。就好像電影的放大螢幕一樣，金色的臉就在眼前，散發著如磷火光芒的綠色眼睛一直瞪著這裡，血盆大口微微的張開，可以看到白牙。

如果豹張開大口往這兒撲來，恐怕武夫就只有死路一條了。武夫全身冒汗，心跳加快，覺得口乾舌燥，就算想叫也叫不出來。

豹的臉和自己只距離五十公分，聽到豹的喉嚨發出嘟嚷的聲音，血盆大口張開了，黑色的舌頭在口中晃動。

武夫心想不行了，眼看那張大口即將咬斷自己的頭。

「吼！」

豹發出震耳的可怕叫聲，武夫心想完了！他閉上眼睛。

但是，豹並沒有飛撲過來。武夫覺得很奇怪，張開了眼睛，發現豹已經退到三公尺遠的地方，而且用後腳站立，好像在跳躍似的跳到門外去了。

豹並沒有發現武夫藏在那兒，難道是因為距離太近了而沒有發現武

夫嗎？

武夫全身發抖，但是，還是鼓起勇氣離開了躲藏的地方，走到門邊偷偷看走廊的情況。

豹還是用後腳站立，好像跳躍似的跳過對面的轉角。

武夫一直跟在牠的身後，來到走廊轉角再往前看，豹又繞過了對面的轉角。

一直跟著豹，來到接近後門的地方，但是，豹突然不見了。那是園丁助造爺爺的房間。房門緊閉，沒有其他可以逃離的場所，難道豹就躲在裡面嗎？

武夫躡手躡腳的靠近房門，耳朵貼著房門，想要聽聽裡面的動靜，然而卻聽不到任何聲音。

過了一會兒之後，都沒有發生什麼事情，武夫想從門縫裡看看裡面的情況，但是門縫太小了，什麼都看不到。於是將手指伸進門縫，無聲無息的將門推開一公分，然後眼睛貼著門縫往內仔細瞧，看到助造老爺爺坐在榻榻米上吸著煙。

爺爺悠閒的吸著煙，正表示房間裡並沒有豹出現。武夫趕緊推開門問爺爺。

「助爺爺，糟糕了，先前的黃金豹跑到這兒來了。爺爺沒有發現嗎？可是牠只可能逃到這個房間裡啊！」

武夫簡短的說明客廳毛皮變成活生生的豹而逃走的事情。

「咦？毛皮，真是可怕的傢伙，但是我什麼都沒有發現，到底到哪兒去了？如果豹在這個走廊上的話，那麼，應該只會進到我的房間裡對不對啊！」

老爺爺面露奇怪的神情看著武夫，然後就突然竊笑了起來。

武夫看到他的笑容，覺得怪怪的，腦海中閃過一個念頭，認為先前的豹可能是這個爺爺假扮的。

晚上十點

後來武夫到了父親的寢室，告知先前發生的事情。就在這個時候，寢室桌上的電話鈴聲，鈴鈴鈴……作響。

園田先生拿起聽筒，是個不認識的嘶啞聲音說著可怕的話。

「你是園田家的主人吧？我就是你知道的黃金豹，哈哈哈……。我能夠像人類一樣的說話，因為我是千年的魔豹。我和你約定兩、三天內要去拿那個東西，今天是第二天，我決定今晚進行，你要小心囉。

不過，就算你再怎麼小心，我也一定會把它偷走的。時間就訂在晚上十點。過了十點如果還沒偷走，那就是我輸了。但是我不會輸的，再見了。哈哈哈……」

在園田先生還來不及說話時，對方就掛斷了電話。

「糟糕了，趕快叫大家來。今晚十點那個傢伙要來了。」

在父親的吩咐下，武夫趕緊跑出去把這件事情告訴家裡的人。兩名公司職員以及兩名書生、五名警察，還有助造老爺爺都聚集到園田先生的寢室中。

園田先生告訴大家先前黃金豹出現在客廳，以及黃金豹打來的電話。然後說道：

「事實上，我並沒有告訴大家，我已經把黃金打造的豹，藏在這個房間的地板下，但是，光靠我一個人沒有辦法守護，必須集合眾人的力量來守護它才行。現在就把榻榻米掀開，挪開地板。」

於是命令助造老爺爺這麼做。

老爺爺在兩個書生的幫忙之下，掀開了兩張榻榻米以及榻榻米下面的地板，這時，可以看到埋著裝著黃金豹盒子的地面了。

「老爹，挖看看盒子是不是還在那裡？」

在園田的吩咐之下，老爺爺從廚房拿來了鐵鏟，開始挖地面下的土。盒子還埋在原先的地方，並沒有被偷走。

看見這種情況，帶著巡查部長徽章的警察，詢問園田先生。

「擺在地板下很不安全，也許有人會從庭院溜到地板下去，到時候就沒有辦法阻擋了。」

園田先生笑著說道：

「這點倒不用擔心，因為這個日式建築的地面是用水泥打造的。地板下面被水泥圍繞，四處都有能夠讓空氣流通的四方形的洞，但是這些洞全都用細的鐵棒嵌住，連老鼠都無法進來。否則我也不敢將這麼重要的東西埋在地板下。」

聽到他這麼說，巡查部長似乎很佩服似的說道：

「是嗎?那就沒問題了。但是，為了謹慎起見，我想還是要確認一下水泥地基是否有被弄壞。畢竟這是難以應付的對手。不知道牠到底會耍什麼伎倆。」

說著，便命令四名部下拿著手電筒鑽到地下去。

四名警察脫掉帽子和上衣，打開手電筒鑽到地板下。不久之後陸續回來，報告圍繞著日式寢室的水泥並沒有任何異狀。

警察們持槍在兩張榻榻米大的洞穴四面守護著，如果有可疑的傢伙出現在地板下，隨時都可以開槍射擊。

距離晚上十點還有很長的時間，除了偶爾去上廁所之外，沒有人離開這個房間，甚至連食物都端到這兒來吃。

從傍晚開始，小林少年和武夫也加入看守的行列。武夫從學校放學之後，繞到明智偵探事務所去請小林來。當時明智偵探正好也在事務所，小林從武夫那兒聽到這件事情，趕緊和明智先生商量。

「因為對方沒有拜託我去，所以我就不過去了。你可以代替我去幫忙，建立一下功勞吧！」

明智先生微笑著對小林說。

就在大家戒備森嚴的守著木板下時，時間終於接近晚上十點了。

「只剩下十分鐘了。」

巡查部長看著手錶在那兒自言自語著。而四名警察以及園田先生、職員，還有書生、小林、武夫都感覺身體緊繃，還剩下十分鐘就十點了，那傢伙到底會以什麼樣的方式從什麼地方現身呢？

警察手中拿著五把手槍，隨時都可以開槍射擊。即使是魔法師，在這麼嚴密的戒備中，難道真的可以現身嗎？

「只剩五分鐘了。」

巡查部長用微微顫抖的聲音說著。

在眾人聚集的房間裡，就好像空屋一樣，一片死寂，只聽到座鐘的秒針發出滴答滴答的聲響，聽起來感覺相當奇怪。

「還剩三分鐘。」

「還剩兩分鐘。」

「還剩一分鐘。」

大家都好像變成石頭似的，無法動彈。武夫覺得心跳加快，看看眾人的臉，連警察都臉色蒼白，握著手槍的手微微的發抖。父親園田先生的額頭竟然冒出了汗水。

「啊！正好十點。」

巡查部長高亢的聲音，響徹整個房間。

但是，並沒有發生任何事情，由五名警察盯視的地板下，什麼東西也沒有出現。

「哇哈哈……，就算是魔法師，遇到這麼嚴密的戒備也無法出手。哇哈哈……，園田先生已經不要緊了，我們獲勝了。」

巡查部長高興的笑了起來，一副很得意的樣子。

就在部長的笑聲還沒有消失時，桌上的電話又響了起來。

兆。

園田先生和巡查部長對望了一眼，感覺那似乎是什麼可怕事情的前

園田先生猶豫了一會兒，終於站了起來，拿起聽筒。

「我是園田，你是哪位啊？」

「呵呵呵……，你不知道嗎？現在已經十點了。我說過，十點鐘我會打電話過來，你猜我是誰呢？呵呵呵……，你知道了吧？」

不用說，當然是黃金豹怪物。

「喂！是你嗎？你並沒有來啊！黃金打造的豹仍然在這裡，你輸了吧！」

園田先生好像獲勝似的說著，而打電話來的黃金豹，卻不懷好意的笑了起來。

「哇呵呵呵……，還在嗎？在哪裡呀？」

園田先生認為現在告訴牠實話也沒有問題了。

「就在我寢室的地板下，埋在土裡面。哈哈哈，就算是怪物，也沒有察覺到這個地方吧！」

「哇呵呵呵，你似乎還很高興嘛！我看你大概什麼也不知道，你去確認看看。去打開埋在土裡的盒子，檢查一下裡面的東西吧！」

聽到牠這麼說，園田先生突然感到不安，用手按住聽筒，對助造老爺爺說：

「快點把那盒子挖出來，檢查一下裡面的東西。」

一方面下達命令，同時耳朵還聽著聽筒。

「怎麼吵吵鬧鬧的啊？挖出盒子了沒有？慢慢來，我不急，我就在這兒等著呢！」

對方的態度好像非常鎮定。

助造老爺爺衝到地板下，用鐵鏟挖出盒子，同時用鐵鏟邊緣敲開了用釘子釘住的蓋子。

「啊！是空的，盒子裡什麼都沒有。」

大家聚集在那兒，看著老爺爺挖出來的盒子。真的是空的，銀籠和黃金打造的豹，還有包住這些東西的塑膠布全都消失得無影無蹤了。

「嘿嘿嘿……」

聽到電話裡發出了笑聲。

「怎麼樣？很驚訝吧？盒子裡面有什麼呢？哇呵呵呵……什麼都沒有吧！看來應該不是我輸了，我按照約定把東西偷出來了……。我會好好保存那個寶物，謝啦！」

說著，就咔嚓的掛斷電話。大家臉色蒼白，互相對望。那傢伙畢竟是個魔法師，但牠是在什麼時候、如何盜走寶物的呢？

這時助造老爺爺爬到榻榻米上，正打算走出房間。看到他準備離去時，站在眾人身後的小林少年說道：

「老爺爺，請你等等。」

助造老爺爺嚇了一跳，回過頭來瞪著小林。

這時小林舉起右手，指著老爺爺的臉，對著園田先生叫著：

「叔叔，就是這個傢伙，這個傢伙是犯人。」

小林少年的功勞

聽到他這麼說，大家都嚇了一跳。助造老爺爺是園田家的園丁，而且奉園田先生的命令把盒子埋在地板下的，就是這個老爺爺。

園田先生一臉疑惑的看著小林少年，問道：

「小林，我不知道你在說些什麼。這位老爺爺不可能會做這種事情的。在埋盒子的時候，我就在旁邊盯著，而且從那天開始直到今晚為止，老爺爺不曾進過這個房間，我一直待在這裡。如果發生了什麼可疑的事

情，我立刻就會知道。小林，你有什麼證據可以證明犯人就是老爺爺呢？」

「證據就是因為盒子裡面是空的。盒子空了，我們大家都認為是有人把它偷走了，而把東西偷走的人就是老爺爺。」

小林自信滿滿的回答。

「哦？什麼時候？為什麼呢？」

「就是今天晚上。黃金豹不是約定十點要把東西偷走的嗎？而牠已經實現了諾言。」

「這麼說來，這個助造和黃金豹有關囉？」

在旁的巡查部長插嘴說道。

「是的，的確有關。也許這個老爺爺買通了黃金豹，可以自由驅使牠。」

小林少年說的話越來越奇怪了，大家都沉默不語的看著這個少年名

黃金豹

偵探。

「黃金豹出現在銀座美術商店時，豹被眾人追趕，逃到住宅區的貓爺爺那兒去，所以這位老爺爺可能和貓爺爺關係匪淺。」

小林這麼說著，一直凝視著站在那兒的助造老爺爺。

「是的，警察也注意到那個貓爺爺。但是，助造老爺爺和貓爺爺到底有什麼關係呢？」

巡查部長覺得很訝異的詢問，他似乎相當佩服小林所說的話。

「那麼，就到貓爺爺家裡去調查一下，也許那個老爺爺一直都不在家。」

「嗯！這事簡單。我打電話到築地的警察局去，請他們確認一下就知道了。我去打電話。」

巡查部長說著，來到電話旁，打電話給築地警察說了一會兒的話。

在這段時間內，出現了一陣大騷動，助造老爺爺悄悄的想要逃離房間。

「啊！快抓住那傢伙，那傢伙是犯人，如果逃走就糟糕了。」

小林驚訝的大叫著。

聽到他這麼說，先前早已經在那兒蠢蠢欲動的警察們，趕緊撲向老爺爺，當場就逮住了他。在四名警察的包圍之下，即使老爺爺再狡猾也無計可施了。

這時，打完電話的巡查部長說道：

「真是奇怪，築地警察局注意貓爺爺的形踪已經很久了，但是，六天前他並沒有回去過，是由看家的老奶奶照顧貓，而老奶奶也不知道貓爺爺的行蹤。」

這麼說來，難道是貓爺爺假扮成助造老爺爺，躲在園田家嗎？

「園田先生，這個助造老爺爺是什麼時候來到你家的？」

巡查部長詢問著。

「六天，我是在六天前僱用他的。」

園田先生面露困惑的表情說著。

「哦？六天前才僱用的老爺爺，那你為什麼會相信他呢？」

巡查部長感到懷疑的詢問他。

「這是因為先前那位園丁回鄉下去了，他介紹朋友助造老爹來幫我的忙。那個人說助造是他非常好的朋友，而且已經認識很久了，因此我也相信他。」

「哦？那麼助造是不是由那位朋友帶到你家裡，你和他見過面了嗎？」

「不，不是的。我是在外面和他的朋友商量這件事情，僱用助造之後他就沒有再到這兒來了。」

「嗯！你朋友推薦的助造和這個助造可能不是同一個人。這傢伙可能知道你朋友認識一個叫做助造的老爹，因此，假扮成助造到你們家來也說不定。當然，先前的園丁也被騙了。」

「也許是吧！不管怎麼說，助造想要逃走，表示他的確可疑。但是我還是不了解助造是什麼時候偷走了寶物，而偷走的東西又藏到哪兒去了？我真的百思不解。」

園田先生感到非常疑惑。

關於這一點，巡查部長也不知道。即使遺憾，也只能夠由小林少年來解答這個謎團了。

園田先生和巡查部長都看著小林少年。

「按照約定，是在晚上十點，也就是說，距離現在二十分鐘前把東西偷走的。」

小林一本正經的回答。

「在眾人面前嗎？」

「是的。是園田先生命令助造把寶物偷走的。」

「咦?什麼?我命令的?」

園田先生很驚訝的問道。

「嗯!我現在就去取出被偷走的寶物來。」

小林少年說完之後，立即跳到榻榻米被掀開的地板下，並且在地面到處找尋。

「啊!在這裡。」

小林少年大叫著，用雙手挖土，然後取出用塑膠布包著的四方形的東西讓大家看。拿掉塑膠布之後，裡面露出閃耀著光芒的銀籠以及金色的金豹。

「啊!怎麼會在這個地方……」

園田先生驚訝的叫著。

「這是助造老爺爺玩的把戲。先前叔叔要老爺爺去把盒子拿出來，而老爺爺就是在等待這一刻。趕緊拿著鐵鏟鑽到地下去，挖開土拿出了盒子。這時，洞穴被老爺爺的身體擋住了，所以大家都看不清楚。

老爺爺在洞底迅速打開盒子，取出了塑膠布，然後趕緊把它埋在旁邊距離一公尺的地面下，打算以後再偷偷的取出來。……接著，用手按住已經空了的盒子的盒蓋，再把釘子塞回原先的孔中，然後把盒子拿上來，重新打開蓋子讓大家看。

地板下非常黑暗，而且又被老爺爺龐大的身軀給擋住了，所以沒有人看到他變這個戲法。

但是我看到了，因為我發現老爺爺的背部和手臂的動作非常奇怪。為什麼我會注意到呢？那是因為我懷疑老爺爺。我為什麼會懷疑他呢？這是明智老師的指示。

老師說過了晚上十點以後，一定會有人鑽到地面下，這時要仔細看。他告訴我說首先鑽到地面下的傢伙最可疑，明智老師真是太偉大了——。明智老師所預料的事情真的發生了。」

小林對明智偵探的智慧感到非常驕傲。

但是，啊！就在這個時候……。

屋頂上的怪獸

聽到可怕的聲響，三名警察站了起來，一名警察仰躺倒在地上。有個東西像一陣風似的竄到屋外。

當時大家都只注意著站在地板下的小林少年，助造老爺爺便趁著這個空檔，推開警察，以驚人的速度逃走了。

警察們呆立在那兒，但是，立刻就回過神來去追老爺爺。小林少年將金豹寶物交到園田先生的手上，趕緊跟著警察跑了出去。

助造老爺爺跑到黑暗的庭院中。這是大樹林立的廣大庭院。警察們揮舞著手電筒往前跑。而小林則帶頭追了過去。

老爺爺跑起來的速度不像老人，非常快。藉著大樹幹的遮掩，他拼命的往前跑。

在庭院的一角有座假山。老爺爺跑到假山上，跳入山後的樹叢中。這片樹叢有很多葉子，即使用手電筒照也看不到對方的樣子。

沒辦法，警察們只好兵分二路，從兩側進入樹叢中，想以兩面包夾捉住助造。然而，卻沒有發現老爺爺的蹤影。明明看到他躲到樹叢中，不可能逃到別的地方去的。

小林少年好像突然想起什麼似的，趕緊跑進屋內，沿著走廊趕往助造老爺爺的房間。

老爺爺房間的木板門緊閉。小林少年站在門前豎耳傾聽，感覺房裡傳來一些聲響。可能是老爺爺回到房間去取一些重要的東西吧！

當然，他想要帶著這些東西逃走，也許會立刻打開門跑出來。想到此處，小林回到走廊轉角，躲在那兒觀察情況。

不久之後，門打開了，從裡面走出來的是……。

在走廊微暗的燈光中，看到閃耀著金色光芒，兩個如磷火般的綠色眼睛，可怕的嘴中露出了尖銳的白牙，以粗壯的後腳走在走廊上的，就是黃金豹。躲在老爺爺房間裡面的……竟然是那頭怪獸黃金豹。

現在豹出現在走廊上，而且悠哉悠哉的朝這兒走了過來。在微暗的燈光下，只看到豹閃耀著金色光芒。

小林少年打開如儲藏室般的小房間的門，躲到裡面，關上門，等待豹的通過。

黃金怪獸迅速通過門外。這時，小林從門內探出頭去，豹已經經過走廊。小林躡手躡腳的跟在牠的身後。

黃金豹又轉個彎，爬到通往二樓的樓梯。洋房前面和後面都有樓梯，這裡是後面的樓梯。

距離電燈比較遠，樓梯非常暗，但是，因為豹的身體閃耀著光芒，所以不會看錯。怪獸爬上二樓樓梯，跑到二樓走廊，然後再爬到通往三樓的樓梯。

這間洋房是兩層樓的建築，在屋頂上有一坪大的小閣樓。通往三樓的樓梯，就是通往閣樓的樓梯。

怪獸到底在想什麼，躲在閣樓裡根本就逃不掉了，牠為什麼要往三樓爬呢？

閣樓是只有一坪大的狹窄場所，小林如果爬上去，一定會被對方發現，因此，停在樓梯的中段暫時觀察情況。這時，聽到閣樓玻璃窗被打開的聲音。

「糟了，那傢伙想要從屋頂逃走。」

小林趕緊往上爬，探出頭來看著閣樓。

房間裡沒有開燈，所以很暗，但是，藉著天空的亮度，可以看到模糊的形狀。而且黃金豹閃耀著金色光芒，一眼就可以看到牠。可是並沒

有看到像黃金豹的東西。

但是，玻璃窗的確被打開了，豹可能已經跑到屋頂上去了。

小林爬上閣樓，慢慢的爬到窗前。

窗外有低矮的欄杆，下面是紅色磚瓦的屋頂。在屋頂的中途看到金色的龐然大物趴在那兒。……原來是黃金豹。

小林猶豫了一會兒，終於下定決心，從口袋裡掏出了偵探七大道具之一的銀色哨子（用來叫喚別人的東西）。他拼命的吹哨子，想要把警察們叫來。

黃金豹嚇了一跳，往小林那兒看了過去。在黑暗中，綠色的眼睛閃耀著光芒。

小林也不服輸的瞪著豹。少年與怪獸之間形成了氣氛相當凝重的互瞪形勢。

啊！小林到底會發生什麼事情呢？可怕的黃金豹會不會朝小林飛

撲而來呢？

金色彩虹

庭院中的人聽到小林的哨子聲，趕緊聚集到屋頂下。圓月高掛在天空，閃耀著光芒。先前被雲遮住的月亮，現在探出頭來。藉著月光，可以清楚的看到在二樓屋頂上的小林。

小林對著下面的人用手指著屋頂上，通知他們豹在那裡。下面的人也發現了閃耀著金色光芒的黃金豹。兩名年輕警察帶著手槍趕緊跑進洋房，爬上樓梯，跑向閣樓。

警察們跑到小林的身邊，說道：

「好，現在我們就衝到屋頂上去射殺牠。情況太危險了，你就待在這裡吧！」

對他耳語著，然後跨過欄杆，跑到屋頂上。但是屋頂很陡，只能夠以爬行的方式前進。兩名警察就好像黑色的壁虎似的，爬到屋頂上，朝豹接近。

黃金豹如磷火般的眼睛瞪著警察。接著，好像在嘲笑眾人似的抖動了一下身體，越過了屋脊，躲到對面去了。

警察們趕緊追趕，終於爬到了屋脊，跨坐在屋脊上俯看著對面的屋頂。

這時，小林少年也離開閣樓，沿著屋脊來到警察們的身邊。屋脊寬約三十公分，很平坦，要爬到這兒一點也不費事。

三個人跨坐在屋脊上，黃金豹看到這種情況，好像從陡峭的屋頂往下滑似的，滑落到對面屋頂的邊緣。這時，牠的身體一縮，啪的跳向空中。有如在空中畫出一道金色耀眼的彩虹。

「啊！糟糕，牠跳開了，想要逃走了。」

一名警察大叫著，接著聽到砰……的劇烈聲響。原來是其中一名警察開了槍，接著另一名警察也開槍射擊。

但是，兩發子彈都沒有擊中黃金豹。豹跳到洋房下面的水泥牆上，霎時就從圍牆上跳到外面，消失得無影無蹤了。因為速度快得驚人，警察根本來不及開第二槍。

「哇！牠逃到圍牆外去了。在這邊，大家趕緊朝這邊的圍牆外去找……。」

警察雙手靠在嘴巴前面，好像在用擴音器似的對下面的人叫著。在庭院中有三名警察、園田先生的書生以及公司職員，大家聽到上面的警察這麼說以後，便趕緊從後門跑了出去，找尋跳下來的豹。

但是，金色的怪物已經不在那兒了，就好像會變魔術似的消失了。不，不是消失，因為不久之後，黃金豹又出現在另一個地方。

距離園田家五、六百公尺的寂靜巷子裡，有一間很大的公共澡堂。

澡堂的屋頂上聳立著高高的煙囪，金色怪物爬在煙囪的鐵梯上。可是因為是夜晚，所以大家都沒有發現。

巷子的電燈一一關掉之後，月光感覺更明亮了。每家的屋頂都被白雪覆蓋著。在白色的屋頂上，看到黃金豹一階一階不慌不忙的爬上煙囪的梯子。

附近一間住宅二樓的窗前，有位少女正往窗外看。原來是因為月光太亮了，少女在夜間醒來，拉開窗簾，凝視著窗外的景色。

她突然看到金色的龐然大物，正在爬對面公共澡堂的煙囪。

這真是奇景。在白色的月光中，金色的動物沿著高高的煙囪往上爬，少女覺得「自己是在作夢」。

但這不是夢，自己的確是清醒的。的確有一隻金色的動物正在爬煙囪。

這時，少女忽然想到報紙上所刊載的「黃金豹」的事情。

黃金豹

「啊！也許那是黃金豹。」

少女嚇得臉色蒼白，趕緊離開窗邊，跑出房間外，下了樓梯。

爸爸媽媽還在樓下的餐廳裡喝茶。

「糟了！」

爸爸媽媽聽到慌亂的腳步聲，嚇了一跳，往這兒看。

「妳的臉色怎麼這麼蒼白啊？」

「是黃金豹。」

「咦！黃金豹？妳說什麼，是不是作夢了？」

「不是的，牠正在爬公共澡堂的煙囪。快來看，從二樓的窗子可以看到。」

爸爸心想，「怎麼會有這種事情」，雖然感到有些懷疑，但還是站了起來，爬到二樓。隔著玻璃窗往外一看，「啊！」的叫了一聲，呆立在那兒。

黃金豹已經快爬到煙囪頂了。金色的身體上有黑色的斑紋，的確是黃金豹。爸爸趕緊下樓，衝向電話，通知附近的警察。立刻有幾名警察趕到公共澡堂。另一方面，警察也打電話到園田家，還在那兒的五名警察以及小林少年和書生們全都趕到了公共澡堂。

空中表演

園田家和警察兩邊的人馬來到了公共澡堂的後院，看著煙囪。此外，附近的鄰居聽到了風聲，也都出來看熱鬧，因此，附近一陣騷動。公共澡堂的人以及街上的青年，都爬到了公共澡堂的大屋頂，在那兒喧嘩著。

「這次我們一定要射中牠。」

在園田家屋頂，眼看著豹逃走的兩名年輕警察，手上握著手槍，開

始爬上煙囪的梯子，似乎想要一雪前恥。

看到這種情況，下面的人「哇」的大叫，稱讚兩名勇敢的警察。

警察們沿著細長的鐵梯，不斷的往上爬。

煙囪頂上的黃金豹，趴在那兒俯看兩名警察持槍朝牠而來。兩個黑色的身影不斷的往上爬。從下面往上看，警察的身影越來越小。

兩個人還差七、八階就可以到達頂上。出現在兩個人眼前的怪獸，看起來越來越大了。怪獸面露可怕的表情瞪著他們，看來隨時都會撲過來。警察們心想，如果怪獸撲過來，就立刻開槍射擊。

就在這時，發生了令人驚訝的事情。

金色的身體從煙囪頂端掉了下來，兩名警察以為豹要撲向自己，因此開了幾槍。但是，在子彈發射出去的同時，金色身體已經越過警察的背部往下掉落。

難道黃金豹在警察的追趕之下，已經走投無路了嗎?即使是怪獸，從這麼高的地方跌下去，也可能會受重傷或死亡。

聽到下面眾人驚聲尖叫，豹掉了下來。兩名警察往下看，聚集在煙囪下面的人看起來很小，但是，豹並沒有落在那附近，眾人還是抬頭往上看。這時，警察們則瞪著眼睛，看著自己的腳下。

「咦？在這個地方……」

黃金豹竟然搖搖晃晃的飄浮在煙囪中段的空中。既不在煙囪上，也不在梯子上，而是在空中飄浮著。

難道怪獸具有飄浮在空中的魔力嗎？不，不是如此，原來是有一條繩子拉著。長長的繩子勾住煙囪頂上突出的鐵框，從鐵框到豹的身體有長長的繩子連接著。怪獸抓住長繩往下滑。

為什麼這條繩子會出現在那裡呢？而像豹這種動物的腳也可以抓住繩子嗎？然而，牠是歷盡千年之劫的怪物，也許的確具有像人類一般抓住繩子的力量吧！

豹就好像在盪鞦韆似的，開始左右搖晃了起來。由於掛著繩子的地方是在梯子的相反側，而且距離煙囪較遠，因此即使警察把手伸長，也無法抓住繩子。

雖然想要利用子彈射斷繩子，可是因為繩子搖搖晃晃，而且非常的細，所以射出的兩、三發子彈都無法擊中。

繩子擺盪的幅度越來越大，豹拼命的搖晃繩子。

繩子尾端的金色怪獸，一下子高高的盪到空中，一下子又以驚人的速度往下落，接著又盪到了相反側的空中。

由於繩子比鞦韆更長，所以擺盪的幅度很大。

雖然覺得可怕，不過卻是一幕非常美麗的景象。在明亮的月光中，閃耀著金色光芒的豹，在三十公尺高的空中不斷的擺盪著，畫出了金色的弧線。就好像大時鐘的金色擺垂，在空中擺盪一樣。

怪獸似乎在找尋什麼目標。當擺盪幅度拉到最大時，「啪」的繩子鬆開了。藉著彈力，豹就好像大的金色子彈一樣，被拋到空中，畫出美麗的金色彩虹。

豹跳到了位於大街上三層樓建築物的雜貨商的屋頂。這是水泥洋房，屋頂是曬衣場。怪獸巧妙的跳到屋頂上，然後沿著樓梯往下跑，一溜煙的消失了蹤影。

這家雜貨商有掛著「綠商會」的大看板，在煙囪上的警察們，看得很清楚。

「大街的雜貨店，叫做綠商會的店。那傢伙從屋頂跳了下去，趕快包圍那家店……」

在煙囪上的警察，聲嘶力竭的對著下面的人吼叫著。

公共澡堂距離綠商會不到五十公尺。眾人趕緊跑到那兒去。不光是警察，園田家的人及很多街上的人都聚集在這兒。

頓時綠商會周圍人山人海。警察們撥開人群，手上握著手槍，從前

面和後面進入雜貨店中。搜尋一樓、二樓、三樓各個角落。

綠商會的人聽說豹跳到屋頂，原本睡著的人都驚醒了過來，聚集到一樓。所以二樓、三樓空無一人。警察們搜遍了各個角落。

但奇怪的是，並沒有發現黃金豹。櫃櫥裡、各個箱子裡全都翻遍了，但是什麼也沒有發現。難道怪獸真的會使用最後的魔法嗎？牠就好像融入空氣中似的不見了。

怪獸與密室

再怎麼找尋都沒有發現黃金豹，最後警察們只好撤退。留下三名警察在綠商會那兒監視著，這件事情通知了東京所有的警察，拉起警戒線（發生火災或犯罪事件時，一定的區域不讓一般人進入，由警察監視），但是，並沒有找到線索。

小林少年雖然感到很遺憾，但還是不得不撤退。

當時夜已深沉，不便回到明智偵探事務所，只好暫時留在園田家。園田家還有公司的人留在那裡，房間全都住滿了。沒辦法，小林少年只好準備在園田書房的大長椅上鋪毛毯，睡在那兒。

大夥兒一起吃完宵夜之後，小林回到書房，關上電燈，脫掉外衣，但仍然穿著襯衫躺在長椅上，蓋上毛毯。窗簾上映著明亮的月光。窗外裝上了鐵窗。鐵窗的影子清晰的映在窗簾上。小林因為先前的一連串行動，覺得非常疲累，所以，躺在柔軟的長椅上很快的就睡著了，甚至還發出輕微的鼾聲。

熟睡了兩個小時之後，突然聽到奇怪的聲響。小林睜開眼睛。月亮似乎又躲起來了，整個房間裡一片黑暗。

「好像有人在走動的聲音，難道是小偷嗎？」

小林這麼想。這時發現房間對面又傳來了聲響。

「真的有人在那裡，趕緊打開電燈嚇嚇他吧！」

小林偷偷的從長椅上溜下來，躡手躡腳的在黑暗中摸索著，朝向有電燈開關的牆壁走去，「啪」的打開開關。燈亮了，整個書房變得非常明亮。小林趕緊查看房間。

啊！是黃金豹，那傢伙竟然站在房間中央的大桌子對面瞪著自己。

小林因為太過驚訝而呆立在那兒，一時之間也說不出話來。

「嘿嘿嘿……，小林少年，你的確把我修理得很慘。你給我記住，我一定會報仇的。」

黃金怪獸的兩隻前腳在桌上交疊，頭擺在手上，眼睛閃耀著綠光，用人類的聲音說話。小林一直沉默不語，怪獸又開口說道：

「但是，我不會再執著於這家的寶物。一旦偷過的東西，我就不會再去偷它了，這是我一貫的做法。下次我會偷更大的東西讓你看，到時候一定會讓你吃不完兜著走。我就是為了告訴你這件事情，所以特意折返回來。你給我記住。」

在怪獸說話時，小林在不被對方發現的情況下，慢慢的後退到門邊。「啪」的轉個身打開門，然後「砰」的把門關起來，立刻衝出門外。為了避免對方從裡面把門打開，因此用力的握住門把。窗子裝上了鐵窗，出入口只有這個門。也就是說，小林已經把怪獸關在密室中了。接著，小林大聲呼喊家人。

這天晚上，除了兩個書生之外，還有擅長柔道的兩名公司職員待在這裡。聽到小林的叫聲，大家全都驚醒了過來，立刻前來。

「怎麼回事？」

這時已經是半夜三點了。

「黃金豹在這個房間裡……」

「咦，什麼？昨晚黃金豹不是才從這裡逃出去的嗎？你是不是在作夢啊？」

先前追逐的豹竟然來到這裡，大家都不敢相信。

「不，我沒有作夢，真的是在這個房間裡，而且那傢伙會說人話。」

小林詳細的說明先前發生的事情。於是一名公司職員說道：

「好，那麼我先去拿手槍，你繼續抓著門把。」

說完之後就跑開了。不一會兒，拿著手槍跑了回來。

「好，把門打開，我從這兒瞄準射殺牠。」

小林轉動門把，把門打開了五公分的縫隙。公司職員從門縫裡看著房內，但卻面露奇怪的神情回頭看著小林。

「什麼都沒有啊！到底在哪裡啊？」

「牠像人一樣，坐在桌子後面的椅子上看著這裡。」

「桌子後面什麼都沒有呀，你自己看看。」

小林往門縫裡一看，豹真的已經不在那裡了。但是，豹根本無路可逃啊！窗子上安裝了鐵窗，而且出口只有這個門而已。在此之前，小林並沒有離開門前，因此，這個金色怪獸應該還在房間裡才對。

「可能是躲起來了，要小心點喔！」

「好，我進去看看。」

勇敢的公司職員拿著手槍走進房裡。桌下、書架角落，到處都找遍了，就是沒有看到豹。

「什麼都沒有啊！我看你是真的作夢了。」

「我才沒有作夢呢！我真的看到了那個傢伙，而且那個傢伙還會說人話。」

小林進入房間裡搜遍了各個角落，但是，卻連一隻老鼠都沒看到。

小林覺得很奇怪而呆立在那兒。窗上的鐵窗沒有任何異樣，的確沒有從窗子或門出去。這個房間並沒有秘密通道，但是豹卻消失了。

難道千年豹真的會魔法嗎？

但這個故事並不是怪談。看起來好像很神奇的魔法，其實是有其原因存在的。名偵探應該能夠識破原因。

那麼，能夠從密室裡消失的魔法到底是什麼呢？小林少年也不知道，看來只能夠借重明智偵探的智慧了。

各位讀者應該已經知道了吧！這個秘密留到待會兒再解開。在此之前，我們先來想一想黃金豹到底是如何消失的。

臥車之怪

園田家的怪事件已經過了三週。現在換個話題，話說在東京和大阪都有分店的日本一流大寶石商，寶玉堂株式會社大阪店的二十三顆鑽石必須要拿到東京店中的事情。

一顆價值五百萬圓（現在約五千萬圓）的大鑽石，還有二十三顆價值五千萬圓的鑽石，如果在中途被偷走或是弄丟，那可就糟糕了。因此，大阪店的副分店長野村要親自把寶石拿到東京店去。可是因為各種事情，飛機的時間無法配合，如果要搭飛機，就要延後一天，因此，只好搭乘晚上的特快車前往。

如果坐火車，選擇頭等臥舖車（軟臥舖車）比較安全，但是，這樣反而太顯眼，因此選擇搭乘硬臥舖車。此外，為了保護寶石，放寶石的地方也運用了特別的智慧，想出隱密的地方。同時還有年輕力壯的職員荒井陪同守護。

副分店長野村故意選擇上層臥舖，下層的臥舖則讓給職員荒井睡。如此一來，即使壞人想要爬到通往上層的鐵梯，那麼，在下層的荒井立刻就會察覺，所以較為安全。

半夜列車奔馳到關原附近。在上層的野村抱著裝著鑽石的圓形皮包在那兒打盹。突然原本拉上的藍色窗簾動了一下，這時感覺有閃耀光芒的東西探出頭來。

野村聽到奇怪的聲響，張開眼睛查看狹窄的臥鋪周圍，發現了閃耀著金光的東西。從窗簾縫隙往這兒偷窺的，竟然是閃耀著金色光芒的奇怪東西。

再仔細一看，金色的東西還長有利爪。那是猛獸的爪。野村嚇了一跳，坐直身子，屏氣凝神的看著野獸。這時窗簾不斷的晃動著，從縫隙中看到好像磷火般散發綠光的小而圓的東西。原來是眼睛，是猛獸的眼睛，目光朝這兒接近。猛獸的臉整個露了出來。

臉部帶有金色，從金色中可以看到黑色的斑點。鼻子附近有許多皺摺，張開血盆的大口中露出白色尖牙。

「啊！是黃金豹。」

野村突然想到這一點，嚇得幾乎昏倒。怪獸出現在火車中，就好像是在做惡夢似的。真的是夢嗎?不不不，不是夢，自己是清醒的。為什麼這個容易引人注意的怪獸，進入火車裡竟然沒有人知道呢?這傢伙的

黃金豹

確是可怕的黃金豹。

野村感覺自己沒有活路了，他害怕自己會被這傢伙給吃掉。當然，也害怕五千萬的鑽石就這樣的被這傢伙搶走。他恐慌不已。

野村還是躺在那裡，慢慢的朝著臥舖的角落移動。身體縮成一團，緊緊的抓著裝有寶石的皮包。怪獸金色的前腳伸向裝著寶石的皮包。在狹窄的臥舖中，野村根本無處可逃。

金色的前腳以驚人的力量抓住野村緊抱著的皮包，好像活人一樣，另一隻前腳打開了皮包，將皮包拿到散發出綠光的眼前看了一下之後，突然以人類的聲音笑了起來。

「嗚嘿嘿嘿……，這全都是假的，我才不會上當呢！把真的鑽石交出來。」

怪獸會說人話，野村越來越感到驚訝。的確，放在皮包裡面的是假鑽石，真正的鑽石則擺在薄的鎳（銀白色不易生鏽的金屬，用來鍍金或合金等）盒中，而且用長布包著，裹在腹部。

野村用雙手按住腹部。

「哦，我知道了，是不是裹在腹部呢？」

黃金豹說著，用前腳挖開野村胸前的睡衣，另一隻前腳則伸到裡面去取出腰包。

取出腰包中的鎳盒，打開蓋子檢視了一下，然後又蓋上蓋子，放入裝著假鑽石的皮包中，用嘴叼著皮包消失在窗簾外。

這時野村終於能夠喊出聲音來。在此之前，由於驚嚇過度，根本無法喊叫。聽到野村的叫聲，睡在其他臥鋪的人全都醒了。不知道發生了什麼事情，拉開窗簾看著中央的通道。這時看到通道上竟然有一隻金色的豹，嘴巴叼著圓形的寶石皮包悠閒的走著。聽到哇的叫聲，整個臥鋪車中引起了一陣大騷動。

這時睡在下層的荒井，從臥鋪上跳了下來，趕緊跑到野村所在的上

鋪，但是已經太遲了。荒井也知道黃金豹來了。奇怪的黑影映在窗簾上，因此，他悄悄的從窗簾縫隙往外看，看到黃金豹站在那裡。荒井嚇得魂飛魄散，整個人縮在床上。即使功夫再高強，但對方是猛獸，因此也無計可施。

車上的狩獵

在臥鋪車入口的吸煙室，正在打盹的火車服務生（當時負責調整臥車臥鋪的人員也一併坐在火車上）從毛玻璃的門內聽到叫聲，嚇了一跳站起來，打開門正想往裡面走去。

就在距離三公尺遠的地方，看到悠閒走過來的黃金豹可怕的身影，發出綠光的眼睛正瞪著這兒。

服務生看了一眼，「哇！」的大叫，朝反方向逃走。鑽到前一節二等艙的車廂中，關上門。

這是沒有臥鋪的二等艙，乘客們全都坐在椅子上睡覺。醒著說話的人，看到臉色蒼白跑過來的服務生都嚇了一跳。

「各位，糟糕了。後面那節臥鋪車上，出現金色豹，而且朝這兒來了，大家要小心一點。」

服務生大叫著。聽到這個聲音，原本睡著的人都驚醒，從座位上站了起來。

令人擔心的就是，先前服務生跑進來之後關上的門。雖然門已經關緊了，但似乎並沒有上鎖，如果豹打開門或是打破玻璃闖進來的話，那就糟糕了。站起來的乘客們目光焦點自然的都擺在門上。

看來豹似乎已經走到門邊了，也許正趴在那兒觀察情況。

這時門把轉動了。到底是什麼東西轉動門把呢？難道豹具有轉動門把的智慧嗎？一般的豹應該沒有這樣的智慧，但是，看先前黃金豹偷走

寶石的手法，就可以知道牠具有和人類相同的智慧，所以一定知道如何轉動門把。

喀茲喀茲一陣作響之後，門被打開了十公分的縫隙，出現在那兒的是金色的前腳，然後前腳攀住門，把門給推開了。

門完全打開之後，黃金豹可怕的身影出現了。接著是「哇」的一陣恐懼叫聲。大家爭先恐後的朝反方向逃竄。

大家朝相反側的門跑去，有的人被撞倒在地，有的人則踩著被撞倒在地的人的身體，繼續往前一節車廂跑。聽到女子的哀嚎聲、小孩的哭泣聲，整列火車上引起了可怕的騷動。

黃金豹並沒有要撲過來的意思。嘴巴叼著裝著寶石的皮包，悠閒的走著，似乎在嘲笑乘客們的大驚小怪。

二等艙前面還有車廂，那兒的乘客知道騷動事件後，也全都站了起來朝反方向逃走。慢慢的，騷動就這樣的傳遍了所有的車廂。整列火車頓時陷入了大恐慌的狀態中。

乘客中有兩名警察知道了這個騷動事件後，與車掌取得聯絡，商量要射殺怪獸。於是握著手槍撥開人群，跑到豹所在的地方，但是卻沒有發現豹。

到底到哪兒去了呢？詢問眾人，但大家都認為豹從後面追趕過來，因此只顧拼命的逃，所以誰都不知道豹的行蹤。

那兒瞧瞧，這兒看看，不斷的找尋。這時車掌發出了驚訝的叫聲。

「啊！這裡破了，從這裡逃走的。」

原來車廂與車廂之間通道的黑色覆蓋物破了，露出一個大洞。但是現在火車是以全速奔馳，即使是猛獸，也不可能從火車上跳下去，否則一定會受重傷。牠真的跳下去了嗎？

車掌從破洞中探出身子，看看周圍。往上看時，發出「啊」的驚叫聲。

在前一節車廂的外側有爬上屋頂的鐵梯，而在鐵梯上方看到好像粗大金色棒子的東西，在黑暗中看得很清楚。

這個棒子有黑色的斑紋，就好像是活生生的東西在那兒動著。原來是豹的尾巴。

「啊！在這裡，牠逃到車頂上去了。」

車掌大叫著。

「在哪兒？在哪兒？」

一名警察讓車掌進來，自己則從破洞中探出身子，抬頭看著屋頂，但是已經看不到豹的尾巴了。可能已經在屋頂上走動了。

不愧是勇敢的警察。他一腳踏到破洞外，爬上那兒的鐵梯，手上握著手槍爬上火車頂。

火車全速奔馳，一不小心就可能會從車頂摔下去。而且外面一片黑暗，有好一陣子都看不清楚東西。

警察爬到車頂看著對面。

看到了，看到了。在黑暗中看到閃耀著金色光芒的黃金豹，走在車頂上。

啊！從一個車頂跳到另一個車頂。

警察趕緊爬上車頂，來到車頂邊緣，手槍對準目標開槍射擊。子彈射出的聲音被火車奔馳的聲音所掩蓋，幾乎聽不到子彈發射的聲音。

到底有沒有中彈呢？豹有沒有被射中呢？不，不，對方是魔法怪獸，光靠一、兩發子彈是不可能殺死牠的。

怪老人

當時在火車裡，車掌和另一名警察正在商量，認為必須要緊急停車，讓火車停下來，殺死豹才行。

先前因為被豹追趕而引起騷動的乘客們，突然感覺到一陣衝擊，站立不穩。原來是火車緊急煞車了。

火車停下來之後，乘客們聚集在窗邊往外瞧。經過口耳相傳，大家都知道黃金豹爬上了火車車頂。

從窗外放眼望去，是廣闊的田園。雖然天空被一些薄雲覆蓋，但是在雲上有月亮。這時月亮看起來是淡白的。

「各位乘客，現在要開門，因為情況危險，所以請不要下車。」

聽到車內的擴音器傳來警告的聲音。

比較膽小的人以及老人和女子，都乖乖的坐在車上，但是，一些愛冒險的年輕男子們，等門打開之後，立刻從火車上跳了下來，同時，在沿著鐵軌的土堤上吵鬧不休。

留在車上的警察和車掌，趕緊到土堤上請大家回到車上，但有的人仍然充耳不聞。從車上跳下來的人不斷增加。

警察看著火車車頂，叫著還留在那兒的另一名警察。這時，在車頂上的警察探出頭來叫著。

「黃金豹已經從車頂上下來了，沒有看到牠在車頂上了，請大家要小心喔！」

聽到他這麼說，在土堤上徘徊的乘客們，哇的迅速逃回原先的車廂上。

但是，並沒有發現豹。沒有下車的乘客從兩邊的窗子往外看，可是並沒有看到豹逃走。此外，在車頂上的警察也站在那兒觀望四方。如果那個閃耀金色光芒的傢伙逃走了，也一定會被他發現。但是等了好久，都沒有發現豹的蹤影。

「真奇怪，難道那傢伙又回到火車上了嗎？」

聽到有人這麼說，車廂裡又是一陣騷動。不知道應該待在車上比較好，還是往外逃比較好，大家在那兒徘徊，猶疑不定。

在車頂上的警察下來之後，和另一名警察一起檢查火車上的一切，車掌以及服務員也一起幫忙。長長的火車從第一節車廂開始檢查，但是，並沒有發現黃金豹。

警察們又來到土堤上，拿著手電筒檢查火車下，因為擔心黃金豹可能躲在車輪之間。但是，卻什麼也沒有發現。

當警察們打算回到車上時，乘客中竟然出現了一名穿著黑西裝、白鬍子留到胸前的六十多歲老人。

「老爺爺，這裡很危險，快點回到自己的座位上。」

當警察提醒他注意時，老人露著牙笑著說道：

「沒問題，別看我這樣，我可不輸給年輕人喔！那個妖怪現在怎麼樣啦？金色豹到哪兒去了？」

「真奇怪，沒有發現牠，就好像憑空消失了似的。」

「哦？看來牠會施魔法。那傢伙很厲害，看起來會使用隱身術，啪的一下就消失了。但是，千萬不能掉以輕心，面對的傢伙是妖怪，牠可以裝扮成任何角色，可能會裝扮成你們想都想不到的人物。也許牠現在就在這列火車上，準備開始做一些令大家嚇破膽的事情喔！」

老爺爺說著，不懷好意的嗤笑了起來。

但是，總不能一直讓火車停著不動。於是車掌和駕駛商量之後，決定讓火車繼續前進。

警察向寶石被偷走的寶石商詢問詳情。回到原先座位上的乘客也睡不著了。不知道黃金豹會藏匿在火車的哪個地方，大家戰戰兢兢的度過一夜。

「像這種拿生命做賭注的火車，不坐也罷。」

有人在中途的車站就提前下車了。

先前留著白鬍子的老爺爺到哪兒去了呢？他並沒有在途中下車，但是，並沒有人發現這個老爺爺。

真是可疑的老爺爺，先前他為什麼要說那些話呢？

「也許還會做一些令大家嚇破膽的事喔！」

為什麼老爺爺知道這一點呢？是不是真的會發生這樣的事情呢？

隱身者

火車在第二天一大早平安無事的到達東京車站，而豹並沒有再度出現。

因為還很早，所以月台上人煙稀少。當火車抵達終點時，乘客們安心的說道：「還好沒有發生什麼事情。」陸續走下月台，從地下道走向出口。

月台因為下車的人潮而暫時變得很擁擠，但是等大家都離開月台，走到通往地下道的樓梯之後，月台又變得很空曠了。

物。

就在這個時候，從火車上竟然跳出了一個閃耀著金色光芒的龐然大物。

那傢伙跳下月台，沿著通往地下道的樓梯悠閒的走著。……是黃金豹。寶石皮包不知道藏到哪兒去了，已經沒有叼在口中。牠張開血盆大口，長長的舌頭舔著鼻子，悠閒的走著。

即使是一大早，月台上也不可能完全的空無一人，真的是很不可思議。但是，更奇怪的是，豹竟然在東京車站的月台上走著，而且是全身金色的怪獸，感覺就好像是惡夢中的情景一般。

黃金豹和搭乘火車的乘客一樣，朝著地下道的階梯方向走去。就在牠打算走下階梯時，從火車上下來了一個穿著站員制服的人。原來是車掌，他走下月台。原本若無其事的走著，突然看著地下道的入口，嚇了一跳，呆立在那兒。因為他發現了正走下階梯的黃金豹的背影。

「啊！是豹，豹又出現了。大家注意，豹往那邊去了。」

在樓梯上也許還有走路較慢的乘客。車掌心想，一定要幫助這些人才行。正如車掌所擔心的，當時有兩個好像來自鄉下婦女，扛著大包袱走下了階梯。

聽到車掌的叫聲，回頭一看。唉呀！這怪獸不就正站在那兒嗎？

「哇！」

兩個人驚恐的大叫著，跌坐在樓梯上，無法動彈。

黃金豹一階一階的往下走，接近兩人。

雙方距離大約一公尺。怪獸的身體閃耀著金色光芒，非常耀眼。如磷火般散發綠光的眼睛一直往這邊瞧。兩名婦女認為自己大概活不了了，幾乎快要昏倒。

豹好像要聞這兩名女子身上的氣味似的，把鼻子湊近她們聞了一下。但是，並沒有要撲上去的意思，就這樣悠閒的走下階梯。

階梯下面寬廣的通道上還有人在走著。金色怪獸的身影突然出現在那兒，引起了一陣騷動，眾人大叫，四散奔逃。頓時，廣大的月台上看不到任何一個人影。黃金豹還是悠閒的在那兒走著。

先前的車掌，從另一個階梯跑到車站的事務室，通知大家怪獸的事情，同時打電話通知附近的警察。

不久，巡邏車最先趕到，幾名持槍警察立刻跑進車站中。

詢問站員黃金豹離去的方向之後，逕自往那兒跑去。來到廁所前面時，一名站員臉色蒼白的站在那兒。

「在、在這裡面，豹走進廁所裡去了。」

站員以顫抖聲音叫著。

「哦?在這裡面?」

一名警察手持槍枝打開門，查看裡面。

「沒有啊!什麼都沒有啊!」

「不，真的有，才剛進去。」

廁所裡面有個轉角處，在門口無法完全看清楚裡面的情況。警察們全副武裝的走到裡面。

在轉角的對面出現了一個東西，警察們嚇了一跳。仔細一看，原來是人，是留著白鬍子的老人。他穿著黑色西裝，扛著一個大包袱，似乎是要來搭乘火車的。

「哦！你有沒有看到豹進來？」

「咦！豹？這個地方怎麼可能會有豹呢？我沒看到這樣的東西。」

老爺爺驚訝的回答之後，就直接走了出去。

警察們仔細搜查廁所，但是並沒有發現豹。窗子全都緊閉，並沒有其他的出入口，根本無處可逃。

站員是不是眼花了，或者是黃金豹真的會魔法，像煙霧一般的消失了呢？

販賣部之怪

過了三十分鐘，看到許多警察和站員們合力在廣大的車站內到處搜尋，但是都沒有發現豹。

在這段時間內，乘客們不能夠由剪票口進入月台，只能夠在外面等待著。但是，電車和火車陸續到達，不能夠一直讓它們停在那兒。在確認豹不在車站裡之後，趕緊取消禁止通行的命令。

時間不到上午六點，車站裡還不算擁擠。大部分的販賣部都還沒有開門。

較早上班的一名年輕女事務員，通過販賣部林立的地方。這時只有一間販賣部已經開店了，那是賣書報、雜誌的店。

女事務員想購買婦女雜誌，因此站在店前，但是並沒有看到店員。

原以為他是蹲在賣場後面，於是透過擺電影雜誌和週刊雜誌的空隙往裡面瞧。

真的有人蹲在裡面。

「請給我這本雜誌。」

出聲招呼時，有一個人從賣場後面探出頭來。

年輕女事務員看了一眼，驚呼一聲，就這樣昏倒了。

為什麼她會昏倒呢？因為從賣場後面探出頭來的不是人，而是金色猛獸可怕的臉。黃金豹不知道什麼時候竟然躲在這個地方。

從對面走過來的公司職員，發現事務員倒下，趕緊跑過來想要扶起她。這時不禁往店中一瞧，他也看到了黃金豹。公司職員嚇得倒退兩步，拼命大叫。

「糟、糟糕了，黃金豹在那裡……」

他邊跑邊叫，眾人立刻從四面八方聚集過來。

「怎麼回事？振作點。」

「是豹，而且是金色的，在那個雜誌販賣部裡。」

聽到他這麼說，眾人臉色蒼白，朝反方向逃走。站員知道這件事情後，也相當害怕，不敢接近。

所幸先前的警察隊裡還有一些警察留在車站裡，他們立刻跑了過來。

「在哪裡？哪一家店？」

「在那裡，那個雜誌賣場。」

公司職員逃得很遠，在另一端指著雜誌賣場的方向。

「好！」五、六名警察持槍包圍這家販賣部。其中一人扶起倒在店前的女性事務員，退到一旁。

但是，店裡空無一物，怪獸又消失了。

「有人倒在角落，快去扶她。」

一名警察大叫著。一看，在微暗的角落裡有一名年輕女子倒在那兒。雙手被反綁，眼睛被蒙住，而且嘴巴還被塞了東西。

趕緊為她解開繩子，拿掉塞在嘴巴裡的東西，原來這名女性是販賣部的店員。店才剛剛開門，就聽到有人進來，結果對方從身後撲向她，用繩子把她綁了起來。

「妳有沒有看到他長什麼樣子？」

「我從身後被反綁，根本看不到他長什麼樣子。」

女店員什麼也不知道。難道從後面綁住她的是黃金豹嗎？那傢伙是妖魔，當然也可能會綁住女子，並在她嘴裡塞東西。

當然，接下來又進行了大搜索。可是根本沒有蛛絲馬跡。豹已經不見了。

警察們回到原先的販賣部，在那兒商量著。這時，一名老爺爺蹣跚的走了過來。

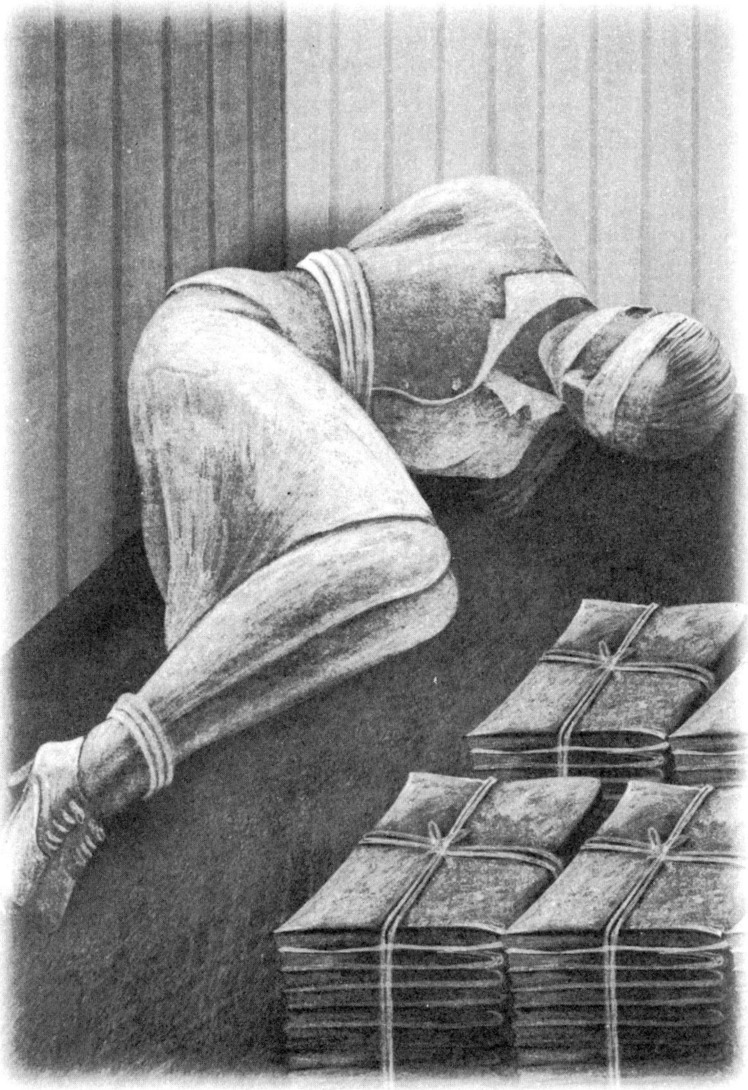

身穿黑色西裝、留著白鬍子的老爺爺，在警察們面前停下腳步，笑著說道：

「又逃走啦？這也是無可奈何的事情。那傢伙是妖魔，會像煙一樣的消失。光靠警察的力量根本鬥不過牠。不過，那傢伙還會做出一些驚天動地的事情來。嗚呵呵呵……，到時候一定會讓你們嚇破膽。」

明智偵探事務所

名偵探明智小五郎的事務所，在一年前就搬到了千代田區新建的麴町公寓這棟高級公寓中。

這是比國宅更豪華的建築物，明智租的則是二樓的一個房子。有廣大的客廳、餐廳、書房、浴室、廚房等，隔成五個的房間。名偵探把這裡當成事務所和住家來使用。入口則掛著「明智偵探事務所」的金色小看板。

明智夫人罹患疾病，長期住在高原療養所。現在只有名偵探和少年助手小林兩個人住在這裡。兩人就好像父子一樣，相依為命。沒有請傭人，三餐就請附近的餐廳送來，而烤麵包、泡咖啡則是小林的工作。小林因為工作而外出時，就由名偵探自己做這些事情。

這是黃金豹出現在東海道線的火車中的事件發生後，經過十天的某天下午發生的事情。

在公寓二樓的客廳可以俯看到大街的窗邊，名偵探和小林少年兩人坐在椅子上談話。

「老師，最近黃金豹都沒有出現蹤影，到底躲到哪兒去了？那時候在東京車站有一個很奇怪的老爺爺，還說什麼黃金豹會做出令大家嚇破膽的事情。老師，那位老爺爺到底是誰啊？」

小林詢問著。

「那是和黃金豹一心同體的傢伙。你還記得那個貓爺爺嗎？就是黃金豹最初消失時，有一個奇怪的老爺爺出現，他還養了十六隻貓。這個老爺爺和出現在東京車站的老爺爺，也許是同一個人。

此外，在園田家假扮成助造老爺爺而住在那裡的這個人，應該也是貓爺爺假扮的。總之，只要抓住那個貓爺爺，就可以揭穿黃金豹的秘密了。我把這件事情告訴警政署的中村高階警官，警政署也拼命的找尋這個貓爺爺。」

「但是，還是沒有發現。」

「嗯！那傢伙好像是個魔法師似的，想要抓住牠，我自己也要使用魔法才行。」

「咦！使用魔法？」

「嗯！使用魔法。我在想魔法的問題。我也會使用一些魔法啊！」

明智偵探這麼說著，微微笑了起來。小林少年那張蘋果臉變得更紅了，眼中閃耀著光芒看著老師。

「我想，老師一定能夠抓到那個傢伙。」

「嗯！我也覺得自己能夠抓到牠。……小林，你等著瞧吧！不久之後，牠一定會來找我，我正等著牠來呢！」

明智偵探這麼說著，手肘靠在窗邊，俯看著公寓前的大街。這時好像看到什麼東西似的，偵探臉上露出了奇怪的笑容。

「現在有輛車停在公寓前。你看，車上走出一位氣派的紳士，但是他卻戰戰兢兢的看著周圍，似乎擔心有人跟蹤。啊！他走進公寓了，那個紳士一定是要到這個事務所來拜託我一些事情。」

正如明智所料，不久之後，聽到了敲門聲。當明智說「請進」時，先前的紳士走了進來。

「請問明智先生在嗎？」

「我就是明智，請坐。」

偵探說著，請他坐在搖椅上。

紳士將軟帽擺在桌上，坐在搖椅上盯著明智，終於感到安心似的說道：

「喔！你的確是明智先生，我在報紙上經常看到你的照片。在你旁邊的，應該就是著名的少年助手小林吧！」

「是啊！沒有別人，你可以安心的說了。」

「事實上，我被壞蛋威脅，他是個可怕的傢伙。我不知道他會不會在我的身邊，我也擔心他會假扮成明智先生，所以在還沒有確認你是明智先生之前，我不能夠安心。」

「松枝先生，你似乎很喜歡寶石和高爾夫球。」

明智偵探突然叫出他的名字。紳士嚇了一跳，瞪大眼睛。

「咦！你怎麼知道我的名字？我從來沒有見過你吧？」

「哈哈哈……雖然你沒有自我介紹，但是你把帽子朝上擺在桌上。

在帽子裡面用羅馬拼音拼出了 Matsueda 的燙金文字。」

「啊！是嗎？我嚇了一跳，但是，你怎麼知道我喜歡寶石和高爾夫球呢？」

「你戒指上的蛋白石質地極佳，而且領帶夾的珍珠也是高級品，由此可知，你具有鑑賞寶石的眼光，若不是喜歡寶石，不可能有這樣的眼光。關於高爾夫球，你是上流紳士，可是皮膚曬得黧黑的，而且身體強壯，應該是經常爬山或健行。況且現在又不是享受海水浴的季節，以你這個年紀來說，應該是會打最近流行的高爾夫球，這是我想像的，真的嗎？」

「是真的，你真的猜中了。能夠明察秋毫，不愧是名偵探，我真的要向你脫帽致敬（表示佩服對方）。我有件事情要拜託你，就是我最喜歡的寶石的事。」

紳士說著，從椅子上探出身子來。

稀世寶玉

「我是昭和信用金庫的社長，我視為第二生命的鑽石，快要被偷走了。」

叫做松枝的這位紳士，好像在訴說什麼秘密似的，壓低聲音說著。

「你怎麼知道鑽石要被偷走了呢？」

「電話，我接到那傢伙打來的電話。」

「那傢伙是誰？」

松枝將身子往前探出，同時更加放低聲音的說道：

「是黃金豹，那個可怕的妖魔昨天打電話給我，還說從現在開始算起兩天內，要拿走我所擁有的印度寶石。」

聽到黃金豹，明智偵探和小林少年霎時互相對望，臉上表情好像在訴說早就料到會有這種事情發生了。先前才說過黃金豹會主動接近名偵探，名偵探的話立刻就成為事實了。

「這件事情有沒有通知警察呢？」

當明智詢問時，松枝先生搖頭說道：

「不，還沒有告訴警察。我認為應該先找您商量一下。因為我和那個擁有金豹擺飾的園田先生是好朋友。聽說當時藉著小林的幫忙，金豹因而平安無事。

而給予小林智慧的則是明智先生，我想能夠應付怪物黃金豹的人，只有你了，所以才到這兒來找你。」

「我知道了。我一定會鼎力相助的。但是，你說的印度寶石現在在哪裡？」

「事實上，我帶到這兒來了。」

松枝先生說著，又看看周圍，然後從西裝背心的內袋裡掏出小皮革

的寶石盒，打開了蓋子。

這時，盒中綻放出了五色彩虹的光芒。

那是一顆藍色的大鑽石。

「這是十克拉的藍色鑽石。這顆鑽石是有來歷的。是戰後某個外國人讓給我的。原本那是在印度某個寺廟本尊的額頭上鑲著的鑽石，在最近一世紀前落到英國人的手中，後來輾轉經過許多人的手中，而戰後來到日本的某個外國人把它讓給我了。

我是個寶石迷，傾注全部的財產購買這顆鑽石。

寶石比金錢更重要。如果這顆寶石被偷走了，我也不想活了。明智先生，我想把這顆寶石交給你，也許黃金豹會因此而想要攻擊你，但是我想你應該不會擔心這個問題吧……」

聽到他這麼說，明智笑呵呵說道：

「謝謝你這麼相信我。我很高興接下這個寶石。事實上，我早就等著黃金豹來找我了，我絕對不會讓這顆寶石被偷走的。我的書房安裝了金庫，那不是普通的金庫，而是帶有機關的魔法金庫，只要把這顆寶石放進去，就絕對不用擔心會被偷走。我立刻就把寶石放進金庫裡。」

明智說著，站起身來，同時帶著先站起來的松枝到書房去。小林則跟在後面。

四面牆上都塞滿了書，是非常氣派的書房。在一面牆上，則擺著甚至可以容納一個人的大金庫。

「我不是什麼有錢人，因此，沒有放錢的金庫。這裡全都是我所接下的各種事件的重要文件，都是非常秘密的文件，如果被偷走，那可就糟糕了。」

明智如此說明時，打開了金庫，拉開一個桐木抽屜，把松枝的寶石盒放了進去，同時關上金庫的門。

「這樣就沒問題了。就像我先前說的，這個金庫有神奇的機關，即使是很會開金庫的高手，也無法偷走裡面的東西。你安心吧！」

和松枝聊了一會兒，向他保證一定會保護寶石之後，松枝在不斷的向明智道謝之後就回去了。

明智偵探從客廳的窗戶目送松枝先生的汽車離去之後，就對在身旁的小林耳語道：

「你看，在這條大街的對面有個奇怪的男子走了過來，那傢伙從剛剛開始就在同樣的地方徘徊，一定是貓爺爺的同夥，也許是貓爺爺假扮的。總之，今晚黃金豹一定會來偷盜金庫，這正是我所期待的。」

明智偵探說著，微笑了起來。

金庫中

接著，明智偵探打了幾通電話，叫來了兩名男手下，做好安排，等待夜晚到來。

晚上九點以後，這一帶是非常寂靜的街道，人煙稀少。九點一過，明智偵探帶著小林少年，躲在大街對面許多車輛中的其中一輛車，但是，並沒發開動車子，一直盯著麴町公寓明智偵探事務所的窗子。熄掉車頭燈後，車內一片黑暗。從外面看來，這是一輛空車。

「老師，我們在這裡等什麼啊？」

小林少年覺得很奇怪的小聲詢問。

「你看著吧！今天晚上會發生有趣的事情喔！那傢伙一定會來，不會等到明天晚上的。今晚牠一定會來。我已經事先把客廳的窗子稍微打開一點縫隙，那就是邀請牠進來的縫隙。」

明智偵探輕聲的回答著。兩個人都蹲在汽車的前座。

「但是，如果黃金豹到書房裡去打開金庫，那就糟糕了。寶石沒問題嗎？」

小林什麼也不知道，因此很擔心。

「沒問題，那個金庫有機關。」

就這樣，兩個人不再說話了。經過很長的時間，大概已經過了十點吧！大街上偶爾有汽車通過，但是沒有任何行人。許多建築物窗子的燈光一一熄滅，整條街上變得越來越暗，只有街燈的光照著四層樓建築的公寓正面。

這時，發現公寓四樓屋頂上有東西在動。

「你看，在屋頂上，終於來了。我等好久了。」

聽到明智偵探這麼說，小林也抬頭往上看。

「啊！閃閃發亮，是黃金豹嗎？」

「是啊！躲在屋頂上的豹的形狀看得很清楚呢！」

「啊！是真的。但是，牠爬上屋頂打算要做什麼呢？」

「門上鎖了，所以牠可能是打算從窗子溜進去。你等著看吧！待會兒牠就會從那兒垂下一條繩子，然後沿著繩子爬下來。」

正如所說，在四樓屋頂上有一根細繩瞬間下垂到地面。繩子經過的路線，正好會通過明智偵探事務所客廳的窗子。

想要溜進二樓的窗子，除非從下面爬梯子，或從屋頂垂下繩子，再沿著繩子爬下來，否則沒有別的方法。如果有人通過而被發現正在爬梯子，那就相當危險了，所以，還是從上面往下爬比較安全。黃金豹應該是躲在隔壁的大樓，然後從大樓的屋頂跑到這間公寓的屋頂上。既然是妖魔，這些雕蟲小技當然難不倒牠。

終於，金色怪獸沿著垂下來的繩子往下爬，就好像用繩子爬下煙囪似的，黃金豹的腳趾抓緊了繩子。

這是很奇怪的光景。金色的豹沿著白色公寓的牆壁往下爬。在汽車裡的明智偵探和小林少年，屏氣凝神的看著這一切。

黃金豹來到二樓的窗戶，打開窗子，一下子就溜進房間內。

「你等著瞧吧！一定會引起一陣大騷動。」

明智輕聲的這麼說著。

進入室內的黃金豹，在電燈已經熄滅的黑暗中到達書房。因為是妖魔，所以牠知道寶石放在書房的金庫中。

黃金豹好像人一樣，利用後腳站立在大金庫前，開始轉動金庫的密碼鎖。看來牠似乎連密碼都知道。

很快地，金庫的門朝兩邊打開了。這時……。

啊！這是怎麼一回事，金庫中的桐木抽屜全都不見了，只有一隻豹踮著後腳站在那兒。

在金庫中竟然躲著另一隻和黃金豹一模一樣的豹。

「哇！」兩隻豹的口中發出可怕的吼聲。

怪獸與奇獸

可怕的戰爭開始了。兩隻金色豹扭打在一起，在地上滾成一團，發出了激烈的吼聲。是怪獸與奇獸的搏鬥。

明智和小林少年躲在公寓前的汽車裡。汽車距離房間並不遠。雖說是公寓，也是高級公寓。明智的事務所內有五間房間，再怎麼吵鬧，鄰居也聽不到。兩隻怪獸持續展開一陣激烈的扭打，有時緊緊的糾纏在一起，有時卻又突然分開，跳到對面桌上，然後像子彈一樣，朝對方猛撲過去，就好像黃金豹之間的摔角一樣。

「咦？你是人。」

糾纏在一起時，黃金豹竟然說著人話。

「你也是人啊！只不過是披著金色的豹皮而已。」

躲在金庫中的豹，也同樣說著人話。

啊！這是怎麼一回事呢？原來這兩隻都不是真正的豹，只是披著豹皮的人而已。

「你是誰？是明智小五郎嗎？」

黃金豹呻吟著。

「不是，我是明智老師的弟子。他說今晚你一定會偷溜進來，所以要我在金庫中等你，並且要我撕下你的假面具。」

「畜生！我中計了，但是，我不會輸給你的。我是歷經千年之劫的黃金豹。」

「你說什麼啊？人就是愛吹牛，如果是人和人的搏鬥，你一定會輸的。」

「哇呵呵呵……。別說大話，你看著。」

惡獸黃金豹趁著對方不注意時，啪的從上面撲了過去。用兩隻前腳迅速的抵住了明智手下的喉嚨，力量大得驚人，幾乎讓人都快要不能夠呼吸了。覺得臉發脹，耳朵轟轟作響，但是卻無法發出求救的聲音，看來已經快死定了。

就在這個時候，突然對面的門打開，咻地跳進來黑色的東西。原來是個人，是穿著黑西裝的明智偵探的另一名手下。在明智帶著小林少年躲在對面的汽車之前，已經打電話通知兩名手下前來。而這兩個人中的一人披著豹皮躲在金庫中，而另一個人則躲在書房後面寢室的床下，準備在同伴遭受攻擊時出來幫忙。

跑進來的手下從黃金豹的後面撲了過去，勒緊牠的脖子。黃金豹嚇了一跳，鬆開雙手的力量。這時被壓在下面的豹趕緊躲開。

現在變成了一隻豹與兩個人的對決。就算是黃金豹，也抵擋不了兩個人的攻勢。

「給我記住，我一定會報仇的。」

黃金豹用可怕的聲音大叫著，然後啪的撥開兩人的手，跳到對面桌上。接著縮著身子縱身一跳，朝距離三公尺遠的窗口一躍而過。

窗外的長繩一直垂吊到地面。先前從屋頂爬下來時，就是利用這條繩子。黃金豹抓著窗邊的繩子繼續往下爬。明智的兩名手下看到這種情景，趕緊跑到窗邊，但是已經來不及了。黃金豹早就滑落到下方的地面，奔馳在深夜的大街上。

「糟了，牠要逃走了！我們趕緊沿著這條繩索滑下去追牠吧！」

「不，不需要這麼做。沒問題的，在門外有明智老師和小林監視著，絕對不會讓牠逃走的。你看，汽車已經跟蹤豹而去，明智老師和小林都在裡面。」

穿著黃金豹皮和穿著黑西裝的兩名手下站在窗邊，看著大街上奇怪的追蹤景象。

在沒有人煙的深夜大街上，閃閃發亮的黃金豹不斷的往前奔跑。

在其身後，則有一輛汽車靜靜的追趕著。

豹皮

這附近是只有豪華宅邸的安靜住宅區。深夜時分，大街上沒有人影，只有街燈的燈光照著泛白的柏油路。一隻金色的豹以驚人的速度奔馳在路上。在其身後二十公尺遠的地方，熄掉車頭的燈、漆黑的汽車如影隨形。這宛如是做惡夢一般的奇怪光景。

汽車的前座坐著明智偵探和小林少年，由明智駕駛。

「那傢伙也許知道自己被這輛車跟蹤吧！」

「應該知道吧！但是，不管牠到那兒，都要跟蹤。即使牠轉彎到狹窄的道路，我們還是要下車追逐。總之，今晚一定要找出牠的巢穴才行。」

看著跑在前面的豹的身影。正當兩人小聲說話時，突然從對面的小

巷裡鑽出一個黑色的東西。那也是熄掉車頭燈的一輛汽車，而且後座的門是開著的。

黃金豹迅速跳進了打開的車門內，進入後座，砰的關上了門，坐上了汽車。

「啊！竟然有車子在等著牠。駕駛車子的人一定是黃金豹的手下。好，現在是汽車和汽車的競賽，絕對不可以輸。小林，我要加速囉！」

明智說著，加速前進。

對面的車也如箭般疾馳而去。飛快前進的兩輛汽車，展開了驚人的大追擊。

在前面汽車後方內閃閃發亮的豹頭，好像一直瞪著這裡看似的。

搭載黃金豹的怪汽車，陸陸續續的經過了大街小巷，漸漸朝著荒涼的地方前進。通過新宿、中野，進入杉並區，來到了四周都是森林和田園的寂靜場所。

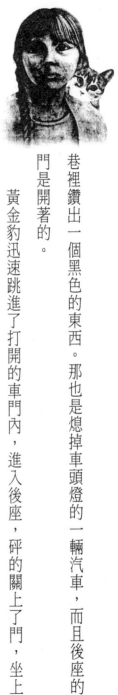

黃金豹

這時，發生了奇怪的事情。原先快速急馳的黃金豹的車子，突然放慢速度，就好像方向盤失靈似的，一下往右，一下往左，車子搖搖晃晃的前進。

「奇怪，難道是車子爆胎了嗎？」

小林詢問著。

「應該不是，也許有什麼計謀。」

「哦？可是黃金豹會不會跳下車，逃到森林中去了呢？」

「應該不會的。你看，從後車窗還可以看到牠的頭一直待在那兒。」

在談論起這件事情的同時，前面車子的速度越來越慢，變成好像人走路般的速度。

「奇怪，追上去看看。」

明智說著，開始追趕前面的車子。打算超車，然後擋住前車的去路。

這時對面的車也停了下來。

明智和小林少年下了車，走向對方的車子。兩個人的口袋裡都準備好手槍，以防萬一時可以發射子彈。

對面車的門打開，駕駛下了車。遠處街燈昏暗，看不清楚對方，但是依稀可以看到駕駛臉色蒼白，似乎受到了驚嚇。

由於對方似乎不打算發動攻擊，所以明智也暫時不理會駕駛。明智靠近窗邊，右手拿著手槍，啪的打開後座的車門。

黃金豹會不會一下就撲過來呢？但事實上，什麼事也沒有發生，車上一片寂靜。

黃金豹逃走了嗎？不，不可能的。那個閃閃發亮的怪獸一直待在那裡，而且似乎非常疲累。倒在座位上，是不是睡著了呢？但是在這個時候不應該睡著的啊！

明智不顧一切的用手槍抵住了豹的身體，但是卻沒有任何反應，豹依然軟弱無力的躺在那裡。難道死掉了嗎？

接著用手搖晃豹的身體，對方則整個身體朝著汽車車底倒了下去。

不，不是倒下去，好像是一張皮滑落下去。

黃金豹裡面什麼都沒有，只有皮。原來如此，只是用皮代替，而本身不知道什麼時候已經逃走了。明智抓著金色的豹皮跳到車外，抓住豹脖子的部分給小林少年看。

「啊！只有皮嗎？」

小林驚訝的叫了起來。

「哇！難道……」

駕駛也感到很驚訝。

「喂！我有事要問你。」

明智站在駕駛的面前，瞪著對方，好像要逼問他什麼似的。

森林的一間住宅

明智偵探嚴厲的詢問，駕駛則回答：

「不，我絕對不是什麼壞蛋。我是東京的計程車司機。今天輪到我值夜班。當我開車經過麴町附近時，一名紳士吩咐我把車子停在巷子裡，等看到他的信號之後，要我把車子開到大街上，並且把後座車門打開。他犒賞我兩千圓（相當於現在的兩萬日幣）。我想要賺這筆錢，因此按照他的吩咐去做。

在半夜時，那個人叫我把車開到大路上，打開後車門，結果如何呢？一隻金色豹跳了進來。我害怕被牠咬住，嚇得不得了。牠吩咐我全速前進。牠竟然還會說人話呢！

我想這傢伙就是傳說中的黃金豹。黃金豹是歷經千年之劫的怪物。

我聽到牠會說人話，嚇得全身發抖，於是拼命的開車。豹在後面對我做出指示，要我在大街小巷裡繞圈子。

直到五、六分鐘前，我再也沒有聽到牠的聲音。原先牠吩咐我一下往右轉，一下往左轉，我照牠的吩咐去做。牠突然安靜下來，我覺得很奇怪，回頭一看，黃金豹好像睡著了。我故意把車開到凹凸的路面，然後慢慢的放慢速度。正在考慮該怎麼做時，你的車就追上了我，擋住了我的去路。」

聽他這麼說，看來這傢伙並不是黃金豹的同夥。

「是嗎？五、六分鐘前，還在黃金豹裡面的傢伙只留下皮就跳車逃走了。現在就算追趕他也來不及了。好吧！你先回到車行，我們也要回去了。……這個豹皮就交給我吧！」

明智偵探說完之後，拿著豹皮，帶著小林少年回到自己的汽車上。

「你先上車。」

小林按照他的吩咐先上車，明智則跟著坐上駕駛座，在小林耳邊對他說出奇怪的話。

「你打開那邊的門悄悄的下車，然後躲在那棵大樹幹後面，看著那輛汽車。我把這輛車停在別人看不到的地方之後，就會再折返回來，知道嗎？如果那輛車上出現奇怪的傢伙，你就跟蹤他好了，知道嗎？」

聽明智這麼說，小林打開另一邊的門，溜了出去。

小林不知道明智老師為什麼要說這番話，但是，仍然按照吩咐躲在大樹幹的後面。四周一片黑暗，汽車阻擋在那裡，因此，對面的駕駛根本不知道小林下車了。

終於，明智發動了車子朝著原路回去，而留下來的小林少年則一直躲在樹幹後面，看著周遭的一切。

不久，先前的駕駛看了看四周之後，上半身鑽進汽車的後座，不知道在做些什麼。

「咦？奇怪，那傢伙真的很可疑。」

小林這麼想，屏氣凝神的盯著他。

駕駛又在裡面待了一會兒，終於好像結束工作似的，上半身離開了車內，退後兩、三步。

這時，突然有東西從車上跳了下來，原來是一個人。穿著黑色襯衫和褲子的人，臉看不清楚，但是，的確是個強壯的男子。

「啊！我知道了，他就是披著黃金豹皮的那個壞蛋。假裝在中途跳車，事實上他就躲在汽車的機關下。那輛汽車一定有安裝這樣的機關，想要藉此來欺騙明智老師。雖然這些壞蛋擁有智慧，但是，聰明的明智老師早就看穿了這一點，把我留在這裡。老師真是太厲害了！」

小林這麼想著，但是，眼睛並沒有離開壞蛋。

穿著黑襯衫的男子和駕駛不知道在那兒竊竊私語些什麼。終於駕駛坐上了車，把車子開走了。

留下來的穿著黑襯衫的男子看看周圍，進入了對面的森林中。小林則偷偷的跟在他的身後。

沒想到杉並區竟然有這麼大的森林。男子穿梭於高大的樹幹之間，走入森林中。這裡沒有街燈，稍不留心，可能就會跟丟了對方。

但是在跟蹤時，隨著眼睛習慣黑暗之後，也能夠稍微看清周遭的景色。森林的正中央有一個全黑的四方形東西，好像是磚瓦建造的洋房。穿著黑襯衫的男子趕緊朝那棟建築物接近。

貓女

接近聳立的漆黑洋房時，突然男子的身影消失不見了。可能是已經進入洋房中了吧！可是入口的門並沒有打開，難道是從窗子偷偷的溜進去嗎？

小林猶豫了一會兒，來到了洋房的入口處，咚咚拼命的敲門。敲了兩、三下，聽到有人探頭出來應門。

為了以防萬一，小林的手伸進口袋裡，握住了手槍。但是，開門的不是那名可疑的男子，而是一個小女孩。

這時，門內的電燈亮了起來，可以看清少女的身影。並不是傭人，是大概十歲左右的可愛女孩，可能是這家人的女兒吧！

在半夜裡，小女孩還穿著白天的衣服，讓人覺得有點奇怪。於是小林問她：

「妳是這戶人家的孩子嗎？」

「是啊！」

少女用如銀鈴般的美麗聲音回答著。

「先前我看到可疑的男子偷偷的溜進你們家，如果妳的爸爸媽媽在，可不可以讓我與他們見面呢？」

「好啊！請跟我來。」

少女說著，先行往裡面走。看來是位很懂事的女孩。

小林跟在她的身後走進屋內。少女進入好像客廳似的房間，按下開關，打開電燈。這時映入眼簾的，就好像是以前西洋繪畫中看到的那種古老氣派的家具擺飾。一邊的牆上有燒煤的暖爐，上面的牆壁上則掛著一面大鏡子。

少女坐在擺在那兒的華麗長椅上，接著發生了奇怪的事情。從對面打開的門內，陸陸續續的鑽出了一隻、兩隻、三隻貓，總共十多隻大小顏色都不一樣的貓。

此外，還有好像豹的幼豹似的大型貓。小林看到之後，突然想到這會不會是黃金豹的孩子。他嚇了一跳。但雖然和豹非常像，然而並不是豹，而是貓。

這隻好像小豹般的貓，推開其他的貓，跳到少女的膝上，很自然的

舔著少女的手。

其他的貓，則圍繞在少女的周圍，聚集在長椅上或少女的腳邊。有一隻小貓繞到少女的背後，趴在她的肩上，臉貼著少女的脖子，在那兒撒嬌。

「這全都是你們家養的貓嗎？」

小林驚訝的問，少女微微一笑說道：

「是啊！我們家是貓屋。」

少女用平靜的語氣回答。

聽到貓屋，小林想到這個故事一開頭所出現的「貓爺爺」。他覺得有點毛骨悚然，難道這裡是「貓爺爺」的家嗎？

「你們家是不是有老爺爺？有著非常喜歡貓、留著白鬍子的老爺爺？」

在詢問之下，少女若無其事的說道：

黃金豹

「沒有老爺爺，只有媽媽跟我。」

看著她的臉，小林嚇了一跳，因為少女的臉和貓長得一模一樣。

貓全都長得很可愛，而這名少女的臉卻和可愛的貓長得一模一樣。難道是貓假扮成少女嗎？難道她是「貓女」嗎？

小林想到以前「怪貓」的故事。

雖然有著可愛的臉龐，但卻擔心接下來少女會不會張開血盆大口，朝自己飛撲過來。小林嚇得真想逃走。

小林想了一會兒，認為自己既然是要來通知可疑男子的事情，那麼至少要和這位少女的母親見上一面。

「那麼，我想見見妳的母親，妳媽媽在嗎？」

「嗯！在，現在正朝這兒走來呢！你看，我聽到腳步聲了。」

帶有貓臉的少女用溫柔的聲音回答著，但是小林卻什麼也聽不到。難道這位少女有一雙敏銳的耳朵，可以聽到人類聽不到的聲音嗎？

就在這個時候，一隻貓從長椅上跳了下來，朝向對面打開的門跑了過去。接著，兩隻、三隻、四隻，所有的貓都往門的方向跑去。

貓兒們，老早就知道媽媽已經走過來了。

貓夫人

這時，門外出現一位三十歲左右的美麗女子，她身穿華麗的洋裝，就好像以前的晚禮服（在夜晚的派對上穿著的禮服）一樣，有很多的小飾物，而且是下襬非常寬的光鮮亮麗的洋裝。

這個女人的臉長得和少女非常像，感覺還是很像貓，是一隻「母貓」。

「你是哪位？」

這名女子就好像外國人在說日文似的，用饒舌的語調說話。

「我叫小林，是明智偵探的助手。先前披著黃金豹皮的人溜進你們家，我來通知妳一聲。請問有沒有人進到房間裡來呢？」

當小林詢問時，女子笑了起來，好像貓在笑似的。

「沒有什麼東西進來啊！你一定弄錯了。」

「不，絕對沒錯，請妳仔細檢查看看。這麼大的住宅，躲在哪個地方，妳可能都不知道呢！」

聽他這麼說，女子沉默不語，似乎不會覺得很意外。看來這應該是假扮成黃金豹的怪人的住宅，這裡的人都是他的同夥。

「現在已經半夜了，妳們為什麼還不睡覺呢？」

小林下定決心問這個問題。這名女子則像貓一樣的嗤笑著回答。

「我們今晚和這些貓舉行宴會。每個月有一次熬夜舉行貓宴會，因為這裡是貓屋嘛！」

這時，少女從長椅上站了起來，站在小林少年的身邊。就好像小貓撒嬌似的，靠近小林的身體。即使是可愛的女孩子黏著他，他也覺得很不舒服，因此立刻閃躲，離開少女的身邊。

「你到這兒來，我有東西讓你看。」

這位母親溫柔的說著。

小林覺得這個屋子很可疑，因此，也就接受對方的邀請，到裡面去瞧瞧。

小林心中將這個少女的母親命名為「貓夫人」。因為她的臉以及身體的動作和貓一模一樣。這位貓夫人先行在走廊上，而小林則跟在身後，貓兒們也陸陸續續的跟在貓夫人身邊。

貓夫人打開某個房間的門，像小林招手，然後走到裡面去了。連招手的動作都和貓一模一樣。

小林走進房間一看，是個好像書房一樣的大房間。這裡有木塊拼花（將顏色和木紋不同的木片拼湊起來，形成圖案或形狀）的地板，牆壁

上有書架，正面則有一個像榻榻米大的桌子。

貓夫人走路的樣子像貓一樣，一溜煙的靠在大桌旁，看著小林，親切地笑著對他招手。

「妳要我看什麼？」

小林站在入口詢問，而貓夫人就好像美麗的貓似的，用輕聲細語的聲音說道：

「是個好東西，是會讓你嚇一跳的東西喔！快到這兒來。」

那是好像磁石一樣能夠吸引別人的聲音，小林搖搖晃晃的朝她那兒走去。這時，小林突然想起什麼似的，把手伸進口袋裡。他擔心貓夫人可能居心不良，為了以防萬一，必須利用手槍來保護自己。但是，口袋裡什麼都沒有，原本放在右邊口袋裡的手槍竟然不見了。

「啊！糟了。先前那個貓女靠近我的身體，偷走了我的手槍——」

小林突然察覺到這一點，但是已經太遲了。在還沒有完全考慮清楚之前，發現腳底下的地板突然消失不見了。

小林的身體以驚人的速度直直的往下墜，跌落在一片漆黑的洞穴中。

那裡的地板，形成一公尺正方形的大洞，而小林就這樣的掉入正方形洞中。

在小林即將掉入洞中的瞬間，他看了一眼貓夫人。

這時，貓夫人靠在大桌前，露出了如貓一般的咧嘴笑容。右手按住桌子的側面，在那裡一定有按鈕，只要按下按鈕，就能夠讓陷阱的蓋子往下落。

地底黃金豹

噗通！聽到臀部撞到硬的地面的聲音，令人痛到快要昏倒。所幸撞

到的只是有肉的臀部而已，並沒有骨折，也沒有扭傷筋骨，一會兒之後就能夠站起來了。

眼前一片漆黑，伸手不見五指，不知道這裡有什麼東西。撫摸地面，好像是水泥做的。在黑暗中用手摸索行走，碰到的好像是水泥牆，這裡應該是地下室。

小林沿著牆壁四周繞行，四面都是水泥牆，似乎有一道門，但是已經上了鎖，推不開也拉不開。小林被關在地底的密室中。

貓女和貓夫人都是敵人的同夥，一開始就想要設計自己，而自己又一時疏於防範，不小心的被貓女奪走了手槍，真是大失敗。現在為了保護自身，除了運用智慧之外，沒有其他的方法。

小林沒有辦法，只好靠在水泥牆上，伸直了雙腿，坐在那兒一動也不動的。小林曾經因為各種事件而遭遇過像這樣的情況，所以根本不慌張。掉下來之後，他在那兒思考著現在應該要如何運用智慧。

不久之後，聽到對面傳來喀茲的聲音，好像有人在開門。小林立刻站了起來。

聽到門打開的聲音，閃入一道光線，看到好像大眼睛般的光亮。但不是怪物的眼睛，而是手電筒。

這個手電筒朝自己慢慢的接近。原本這時可以拿出手槍來威脅對方，好扭轉眼前的惡劣情勢，但是因為沒有手槍，小林也只好緊握著拳頭站在那兒。

藉著手電筒的光，敵人可以看清楚自己的樣子，而自己卻看不到對方的模樣。在黑暗中，只看到有東西在那兒動著。

「哇呵呵呵……你終於中計了。嗯！少年偵探，你的確是個好對手，哇呵呵呵……」

是男子的聲音，是那個假扮豹的可疑男子的聲音。

「你是誰？我從這裡看不到你。」

小林若無其事的問道。

「哇呵呵呵……，煩人的小鬼，掉在這裡了，想要看我嗎？好，我就讓你看吧！」

說著，將手電筒的光照著自己的臉。

原來是一張老爺爺的臉。戴著粗邊黑眼鏡，留著長長的白鬍子，眼鏡後面圓而大的眼睛閃耀著光芒，不像是人的眼睛，而感覺像是豹的眼睛，身上穿著黑色的襯衫。

小林沒有見過貓爺爺，但是他想，這個老人應該就是傳說中的貓爺爺吧！

「你應該就是貓爺爺吧？」

小林一點也不害怕的詢問他

「是啊！我就是貓爺爺。但是，你知道貓爺爺是誰嗎？呵呵呵……我是歷經千年之劫的魔豹，是會驅使豹的老爺爺。世間的人都把我使喚的豹稱為『黃金豹』。你看，那個黃金豹就在這裡。」

說著，老爺爺用手電筒照著自己的後方。

啊！怎麼會有這種事情，真是不可思議。閃閃發亮的金色毛在那兒移動著，兩個眼睛在手電筒的光的照耀下，散發出綠色的光芒，而且張開血盆大口，露出白牙。……真的是黃金豹，黃金豹就在老爺爺的身後走了過來。

小林嚇了一跳。先前黃金豹皮不是被明智老師拿走了嗎？披著這個皮的男子逃到這棟洋房來，那個男子就是這個老爺爺，但是，為什麼還有一隻活生生的黃金豹呢？真是令人意想不到。

老爺爺用手電筒從豹頭到豹尾照了一遍，結果，小林發現更令人驚訝的事情。

這是一隻真正的豹，絕對不是披著豹皮的人，只要看腳就知道了。因為沒有人的腳會這麼細，而且，這個腳的彎曲方式，是人類絕對無法

辦到的。

「哇呵呵……，你知道了嗎？小兔崽子，現在這傢伙要吃掉你，你可要小心一點喔。」

就算是小林少年，聽到他這麼說，也嚇得臉色蒼白。心想「如果有一把槍就好了」，但是，手槍被貓女偷走了，已經無計可施了。小林不停的後退，整個身體貼在後面的牆壁上，接著就只能夠朝側面慢慢的移動了。

「喂！快去吃你最喜歡的人類的孩子！」

老爺爺用淒厲的聲音大叫著。

感覺金色的東西啪的朝自己飛撲過來，而在小林衣服的肩膀處發出了聲響。黃金豹用後腳站立，前腳攀在小林的肩膀上，用利爪撕破了他的衣服。

聞到了腥臭的動物氣息，噴在自己的臉上。黃金豹的臉離小林的臉非常近，散發出綠光的兩顆眼珠子，就在小林的眼前。

啊！小林少年的命運到底會變成什麼樣子呢？

怪獸的真實身分

這時，聽到奇怪的口哨聲音，那是調子非常柔和的口哨聲，從黑暗地下室的那邊，慢慢的朝這兒接近。

接著發生奇怪的事情。先前打算咬小林的黃金豹，前腳從小林的身上放了下來，隨著口哨聲，朝著聲音傳來的方向走了過去。

看到這種情形，老人嚇了一跳，將手電筒的光朝那兒照了過去。

「啊！你、你是誰？」

在地下室對面的角落，一個穿著黑色西裝、身材高大的男子站在那兒。這名男子莞爾地笑著，手槍的槍口對準著老人。

老人看到手槍，倒退了幾步。老人的口袋裡也有手槍，但是，根本來不及掏出來。

「啊！老師！」

小林少年高興的大叫，撲向那名男子。原來是明智偵探。

雖然怪老人也發現了這一點，但是，因為對方用手槍指著自己，因此也無計可施。

「喂！老爹，把手電筒交給小林吧！」

小林少年靠近老人，老人沒有辦法，只好乖乖的把手電筒交給他。

「你拿著這個瞄準他，我讓你看看有趣的東西喔！」

小林照著明智的吩咐，接過手槍，用右手拿著手槍，左手拿著手電筒，看著明智和黃金豹。

明智又開始吹起口哨，原本可怕的黃金豹卻變成好像一隻小狗似的，靠向明智撒嬌。明智摸摸豹的背部，繼續說明。

「我停好車後立刻折回。這時你已經跟蹤可疑的男子到森林裡去了。於是我先你們一步繞到洋房旁邊躲起來。

那名男子並不是從洋房的入口進去的，而是從在側面被草覆蓋的洞穴中進去的，那是一個秘密出入口。後來我也進入那個洞穴中，來到了這個住宅的地下室。不是這個房間，地下室有好幾個，我是在對面的房間。

那個男子進入對面的地下室，我從門縫偷看，發現男子在做一些奇怪的事情。

那個房間裡有一隻很大的狗被關在那裡，男子從房間的架子上取出金色的豹皮讓那隻狗穿著，立刻就把牠打扮成一隻黃金豹。

當你按下玄關的門鈴時，男子趕緊跑到一樓，做出了一些吩咐，並沒有下來。

趁著這個空檔，我和披著豹皮的那隻大狗建立了良好的關係。你也

知道，我非常懂得如何討好動物。

不久，男子從上面走了下來。這時，他已經變成了留著白鬍子的老爺爺，也就是這個老爺爺。」

明智說著，用手指著站在那兒的怪老人。

「現在在我身邊的這隻，就是這個老爺爺所飼養的大狗，只不過是披著黃金豹皮的狗而已。你看，只要拿掉藏在腹部的按鈕，就可以脫掉豹皮。」

說完之後，明智迅速的脫掉了豹皮，皮下露出的是一隻大狗。脫掉豹皮的狗乖乖的站在明智的旁邊。

「喂！老爺爺，你和那個貓爺爺其實就是同一個人。黃金豹消失蹤影之後，一定會出現留著白鬍子的老爺爺，你就是那個老爺爺。不，你根本不是個老爺爺，你是一個強壯的年輕人，否則不可能做出這麼危險的事情。」

明智說著，接近怪老人。

接著搜查老人的身體，找到了藏著手槍的地方。從上衣右邊的口袋裡掏出一把小型手槍，順手塞在自己的口袋裡。

當明智搜身時，小林少年還是把手槍，對準老人，因此，老人無法動彈。

「你把狗訓練得很好，在被扮成豹時絕對不會叫，被追趕時，一定會逃到指定的場所去，所以大家才會被騙。

但是，你利用這隻狗的時候，只有讓牠從銀座美寶堂的美術品陳列所跑出去的時候，還有出現在日本橋的江戶銀行的時候。

在美寶堂事件中，於夜晚的銀座大街上長時間被警察追趕，必須要奔跑，如果人披著豹皮奔跑會非常的累，因此，只有真正的動物才有可能跑得那麼快。

在銀行時，首先你假扮成老紳士進入接待室，然後打開面對巷子的

窗戶讓這隻狗進來，為牠穿上豹皮，而自己也喬裝打扮成年輕的銀行職員，然後溜出接待室。後來當經理回到接待室時，黃金豹坐在搖椅上。當大家都只注意到豹時，假扮成年輕行員的你溜進金庫中，偷走了鈔票，而豹跑到二樓去時，你則在另一個樓梯等牠下來，為牠脫掉豹皮，讓牠變成原先的狗，然後從後門逃走。當然，我要調查出這些事實真的非常辛苦。」

明智說到這兒，暫時停了下來，瞪著怪老人看。小林少年用手電筒照著老人的臉，右手手槍對準老人的胸前。此外，明智的口袋裡還有從老人那兒找到的手槍，槍口也對著老人。即使是大壞蛋，在這時也無路可逃，一動就會沒命。

明智繼續說道：

「只有這兩次使用到狗，其他時間都是你披著豹皮做各種表演。先派出狗，讓大家以為真的是動物，然後就算是人披著豹皮，也不用擔心

被識破。你出現的時間都是夜晚，因為在人前沒有辦法跑很長的路，所以這些空檔都是讓狗來繼續你的工作。

你不光是假扮成黃金豹，也會假扮成各種人物。一下子是貓爺爺，一下子是園田家的園丁助造老爺爺，你可以隨心所欲的假扮任何人。

園田家杉板門的豹會從門上走出來，也是披著毛皮、假扮成活生生的豹在那兒移動，這全都是你的伎倆。

黃金豹逃到助造老爺爺的房間裡消失不見，就是因為你脫掉了豹皮，變成原先的助造老爺爺坐在房間裡。

此外，助造老爺爺假裝追趕逃到自己房間的豹時，事實上，你早就先到房間裡穿著豹皮，假扮成黃金豹了。

從公共澡堂的煙囪垂掛下來做空中表演，還有出現在特快車中，在火車車頂上表演的大冒險，也全都是你的傑作。你以前一定擔任過空中表演師。

此外，還有很多細節，我就不用詳細說明了。

總之，知道你這個表演師披著豹皮做這些事情之後，黃金豹的怪事件全都可以迎刃而解了。

但是，我不了解的就是，黃金豹曾經有兩次在完全封閉的密室中消失了。

一次是黃金豹逃到銀座寶石商的接待室消失不見了，還有一次就是在園田家的書房，小林睡覺時黃金豹出現，小林從書房逃了出去之後立刻關上門，叫人前來支援，但是，當再次打開門時，豹已經消失得無影無蹤。關於這兩個謎團，我無法解開。

不管是哪一個房間，窗子都安裝了鐵窗，而且只有一個門。門外這麼多人站在那兒，不管是人或狗，都無法離開那個房間。

事實上，這是一個很難解開的謎團，但是，現在我終於解開這個謎團了。」

明智說著，微笑了起來。

惡魔的下場

明智繼續說道：

「黃金豹進入寶石商的接待室，用後腳關上門。這時門鉤落了下來，而警察破門而入時，房裡空無一物，只有一扇窗子。房內安裝了鐵窗，沒有出口，可是為什麼黃金豹卻消失得無影無蹤呢？當時的黃金豹就是你，你披著豹皮。

你穿著呢絨（布底很厚的毛織品）的服裝，然後穿著豹皮。那個服裝和寶石商店員中某一個人的衣服顏色應該是相同的，臉以及頭髮和那個店員也應該都一樣，你喬裝打扮成那名店員。

你進入接待室，關上了門，鎖上門鉤，迅速脫掉豹皮，假扮成店員等著別人開門。

警察撞破了門，把手伸進去鬆開了門鉤，打開門。這時，你躲在打開的門和牆壁的縫隙之間。警察們進入房間裡，在桌子、椅子下面不斷的搜尋，而你卻趁著這個時候，從門後溜了出來，假裝是店員在幫忙警察一樣，也在那兒搜尋，然後再趁機逃走。豹皮早就捲好，從鐵窗的縫隙扔到巷子的地上，事後你再去撿起來就好了。

這是我的想像，但是除此之外，應該沒有其他的做法。我有沒有猜錯呢？……看你沉默不語，想必應該猜中了吧！哈哈哈……」

小林少年用手電筒的光照著的怪老人臉上露出驚恐的表情，整個臉都皺了起來。這個表情正說明了明智的推理是正確的。

「還有密室之謎。小林睡在園田家的書房，當時出現的黃金豹為什麼會消失呢？關於這個謎團，實在是很難解開。當時並沒有警察跑來，而且和在寶石商店是不同的，並沒有很多人在那裡，所以你很難假扮其

他的人逃走。

為了發現這個秘密，除了密室之謎外，還必須要解開另一個謎團。黃金豹是由這隻狗假扮的，那麼，你則可以假扮成其他人。但是，還有既不是狗也不是人的情況，就是第三種圈套。如果沒有察覺到這一點，就無法解開密室之謎了。」

明智說到這兒，暫時沉默不語。怪老人也保持沉默，小林少年也不發一語。黑暗的地下室就好像墳場一樣，一片死寂。

這時，聽到「吼」好像怪物的叫聲。

映照在手電筒光中的怪老人的臉，因為驚訝而異樣的扭曲。小林少年也嚇得停止呼吸，狗則變乖了。並不是狗在叫，狗並不會發出這麼可怕的叫聲。

「那的確是動物的聲音。這屋裡應該還有其他的動物吧！我們一道去瞧瞧。」

明智說著，從口袋裡掏出手槍抵住怪老人的背後。

「你先走，到對面的房間去，到發出動物聲音的房間去。」

老人沒辦法，只好往前走。而小林與大狗則跟在他的身後。

走出房門之後，是一條細長的走廊。對面的門打開時，看到了紅色的光。那個房間裡有小的燈泡從天花板上垂掛下來。

老人先進入房間裡，正打算往前邁進一步時，突然「啊」的叫了起來，呆立在那兒。

大家看，房間對面有一張大桌子，而在桌子後面的椅子上坐著一個可怕的東西。的確是那隻黃金豹，閃閃發亮的怪獸，前腳架在桌上，散發出好像磷火般綠光的眼睛一直瞪著這兒。

小林少年看著這種情景，明智偵探也看著這一切。

「嗯！真奇怪，這到底是怎麼一回事呢？」

怪老人臉色蒼白的在那兒呻吟著。

先前明智偵探說「既不是狗也不是人」，那麼，在這兒的應該是真正的豹囉。還是……？

這時，明智在小林的耳邊輕聲的說了一些話，小林的臉上露出訝異的表情。手上拿著的手槍交給明智，走出了屋外。

「你仔細看著那隻豹，看看現在會發生什麼事情。」

明智的手槍還是抵住老人的背部，意有所指的輕聲對他說著。

不久之後，真的發生了不可思議的事情。原本坐在桌前的黃金豹出現了奇妙的動作，並不是朝這兒飛撲過來，而是從桌上滑落下去，接著好像從後面被什麼東西拉扯似的滑落了下去。

椅子的後面是面向地底走廊的窗子，窗上的玻璃打開二十公分。黃金豹從窗子的縫隙被拉了出去。

豹的手腳全部下垂，整個軀幹就好像洩了氣的汽球似的變扁了。這樣，就能夠從僅僅二十公分的空隙被拉到外面去，最後留下一張大臉。

但是慢慢的也變得越來越扁，縮成一團，最後被拉到外面的黑暗中。

「我知道了，這就是園田家書房中的黃金豹消失的秘密。如果能夠通過這個窗子的縫隙，當然也能夠通過鐵窗的縫隙。」

在明智說明時，小林少年回來了。手上拿著金色的豹皮，皮的背部則掛著一條長長的繩子。

「我把你留在汽車上的豹皮拿到這兒來，用繩子做了先前的實驗。剛才由小林在窗外拉繩子，照這個方式把前腳擺在桌上，頭擺在腳上，看起來就好像活的豹趴在那兒似的。沒有人想到那只是一張皮。這就是你讓黃金豹從園田先生的書房消失的技巧，的確非常棒。……先前動物的低吼聲就是我的腹語術，只有皮的豹是不可能低吼的。」

怪老人似乎已經完全投降了，垂頭喪氣。因為明智的推理，全都是正確的。

「那麼，現在我要揭穿你的真面目了。」

說完之後，明智撲向老人，扯下他的假髮，撕下他的假鬍子、假眉毛。

老人「啊」的叫了起來，但是，已經來不及了。在扯掉假髮和假鬍子下面，露出來的竟然是一張年輕男子的臉。

「的確如此，我不知道你到底有幾張臉，但是，我見過這張臉。你是喬裝打扮的名人，像你這種會空中表演，同時又能夠想出黃金豹這種手段的人，在日本只有一個人。呵呵呵，二十面相，好久不見了。」

啊！二十面相！這個奇怪的犯罪竟然是由怪盜二十面相主導的。

「小林，哨子。」

聽到明智的命令，小林少年嗶嗶的吹起哨子。

這時聽到有人跑下樓梯的腳步聲。明智在進入這棟住宅前，就已經利用電話聯絡十幾名警察。這些警察包圍建築物，其中幾個人很快的進入一樓，聽到哨子的聲音就跑了過來。

黃金豹

名偵探明智小五郎、小林少年及世上少有的怪盜二十面相的戰爭，很明顯的，明智小五郎以及小林少年獲勝了。當然，貓女、貓夫人以及其他的同黨也全都被逮捕了。

解說

和讀者一起追尋整個事件的來龍去脈

西本雞介
（昭和女子大學教授）

對於在一九三五年代到四五年代過著少年時光的孩子而言，名偵探明智小五郎及其助手小林少年並不是杜撰的偶像，而是實際上存在的偶像。不管發生任何事件，人們都相信只要依賴這兩個人，就能夠解決問題。不光是如此，甚至每個男孩子都希望自己能夠成為擁有ＢＤ徽章及其七大道具的少年偵探團的一員。

我最初遇到這個偵探是在就讀小學（當時稱為國民學校）三年級時。在就讀一年級時戰爭開始，越演越烈，甚至間諜這個字眼也變成真實的情況出現了。經常會懷疑別人是不是來自敵國的間諜。看到陌生人

黃金豹

進入村中，就會懷疑他是間諜，經常在背後跟蹤。即使沒有手電筒，也會隨身帶著刀子、筆記本以及磁鐵。當然這是受到明智小五郎和少年偵探團的影響。對於缺少兒童讀本的鄉下而言，偶然得到『怪盜二十面相』或『少年偵探團』、『妖怪博士』等書，不管是誰的書，愛看書的孩子之間都會傳閱這些書籍。

黃金豹出現的銀座（1955年代）

怪盜二十面相是非常大膽、神出鬼沒的大盜。日本著名的大盜，大家所熟知的石川五右衛門和鼠小僧次郎吉等人，根本不及他的十分之一。知道這一點，讓我感到很驚訝。

擁有二十種不同的面貌，從來不以真面目見人，偷盜的都是昂貴的寶石以及美術品。不喜歡做殺傷人、置人於死地的殘

1955年代的臥鋪車（交通博物館提供）

酷行為。要偷盜任何貴重物品之前，一定會先預告。即使在嚴密的監視下，依然按照原先的約定偷出這些寶物。與其說是小偷，還不如說他是怪盜。看到二十面相和名偵探之間鬥智的場面，真是讓人廢寢忘食。即使不是一些悲傷的故事、溫柔的故事或勇敢的故事，但是，卻是讓自己非常熱衷於閱讀的故事。

戰後怪盜二十面相活躍的書籍陸續出現，當時我已經是高中生了，不再看這些書了。可是孩提時代看到這些書時的回憶，依然鮮明的印在腦海中。不管是推理小說也好，偵探小說也好，我首先想到的就是『怪盜二十面相』這些書。反覆閱讀，其趣味性絲毫未減，就好像是一位兒童寫的偵探小說名著似的。後來也拍成了電視和電影，深深吸引許多孩子。

『黃金豹』於一九五六年在「少年俱樂部」連載，同年十一月發行了單行本。那是變成金屬怪物、透明人的二十面相變身為怪獸，出現在世人面前的小說。只有在叢林或動物園才會看到的豹，而且是全身閃耀金色光輝的豹，竟然在夜間的鬧區昂首闊步。最初大家都不敢相信，但是銀座的美術商店和寶石商店，甚至在銀行都出現了黃金豹，牠已經不是夢幻豹，當然會引起大騷動。

而且不可思議的是，這隻豹會說人話，預告自己要偷盜的寶物。就在大家百思不得其解時，讀者當然會被吸引到小說中。例如，絕對不可能被偷走的美術品，結果黃金豹依然按照約定，真的把它偷走了。

可是小林少年並沒有放過犯人，看到園丁助造老爺爺時，大叫「這傢伙是犯人」。推開警察逃出去的助造老爺爺曾幾何時變成了黃金豹逃到屋頂上。到底是人還是獸。在滿月的月光照耀下，追趕黃金豹的場面

令人不禁捏把冷汗。而大膽再回到房間裡的怪獸，竟然從安裝鐵窗的密室中消失了蹤影。不僅如此，甚至還進入夜晚的特快車中，嚇破了乘客的膽子。

當然，怪獸黃金豹的真實身分是怪盜二十面相，而最後由名偵探明智小五郎登場，揭開他的真面目，一一說明怪盜所設計的圈套。再怎麼天衣無縫的圈套，也逃不過名偵探敏銳的眼光。

令人難解的謎團以及鮮明的故事變化，充滿臨場感的描述以及嶄新的圈套，可以說是江戶川亂步偵探小說最大的醍醐味。

在小說中經常會問讀者故事中的一些問題，讓讀者和他一起追蹤整個事件，繼續看下去。所以，即使是看起來異曲同工的作品，卻還是有著新鮮感，令大家廢寢忘食的看下去，焦急的等待著下次怪盜二十面相再以不同的面貌登場。

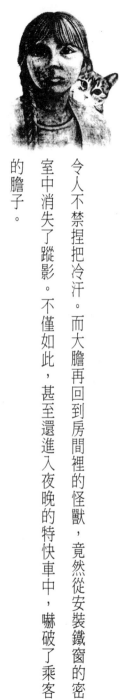

少年偵探 1~26

江戶川亂步　著

1　怪盜二十面相

接獲失蹤的壯一郎將歸國的好消息的同時，羽柴家也接到這封通知信。
擅長喬裝改扮的怪盜，到底會以什麼姿態來盜取寶石？
老人、青年，還是……。
「怪盜二十面相」與名偵探明智小五郎初次對決，現在就要開始了！

2　少年偵探團

整個東京都內，不斷傳出有關「黑色妖魔」的傳聞，而且陸續發生綁架少女事件，以及篠崎家的寶石，還有黑影似乎偷偷的靠近五歲的愛女小綠。難道由印度傳來的「受到詛咒的寶石」的傳說是真的嗎……。
繼『怪盜二十面相』之後，名偵探明智小五郎和少年助手小林芳雄所帶領的「少年偵探團」大活躍。

3　妖怪博士

跟蹤可疑的老人身後，來到一間奇妙的洋房。
少年偵探團團員之一的相川泰二，在那兒發現被五花大綁的美少女。
妖怪博士的魔爪伸向為了救出少女而偷偷溜進洋房的泰二。
此外，還有更可怕的事情，正等著追查整個事件的三名團員們……。

4　大金塊

秘密文件的另一半被盜走了！
那是說明宮瀨礦造爺爺留下的龐大遺產「大金塊」藏匿地點的秘文，
為了取回被奪走的一半秘密文件，而進入竊賊地下指揮部的少年小林，
他所看到的意外事實真相到底是什麼？
名偵探明智解開了謎樣的文章，趕赴島上，取回大金塊。

5　青銅魔人

在月光的照耀下，赫然出現一張嘴巴裂開如新月型的金屬臉，怪物體內發出齒輪轉動聲。
在半夜偷走鐘錶店裡的懷錶的竊賊，難道就是這個用青銅做成的機械人？
少年小林新組成「青少年機動隊」，為了名偵探明智小五郎，奮鬥不懈。
是否真的能夠掌握青銅魔人的真面目呢？

6　地底魔術王

在天野勇一所居住的城市裡，搬來了一個奇怪的叔叔。
他在少年們的面前，展現神乎其技的魔術，是一位魔法博士。
他說：「在我所住的洋房裡有『奇異國』。」
有一天，勇一和少年小林造訪洋房。但是就在博士展開魔術表演的舞台上，勇一消失在觀衆的面前。

7　透明怪人

一名紳士走進城鎮盡頭的磚瓦建築物中。
就在尾隨於其身後的兩名少年的眼前，
這個神秘男子脫掉大衣、襯衫，結果一裡面什麼也沒有。
肉眼看不到的透明怪人出現了，珠寶店和銀行大為震驚。
化裝成人體服裝模特兒的透明怪人出現在百貨公司，引起一陣騷動。

8　怪人四十面相

幾度從監獄中脫逃的怪盜二十面相，這次改名為「四十面相」，
宣佈要逃獄。
為了查明真相，來到拘留所的明智小五郎，與二十面相見面之後，
為什麼匆忙趕到世界劇場的後台去了呢……
劇場正上演著「透明怪人」事件的戲碼。

9　宇宙怪人

衆人啊的大叫一聲，屏住呼吸，因為在東京市的大都會銀座上空出現了五個 「在天空飛行的飛碟」。
彷彿來自遙遠星球的世界，擁有蝙蝠翅膀如大蜥蜴般的宇宙怪人降臨。
被在深山登陸的飛碟抓住的木村青年，訴說可怕的體驗，使得全日本，不，應該說是全世界都陷入大混亂中。

10　恐怖的鐵塔王國

「我有東西要給你看哦！」
小林少年被轉角處的老人叫住，看到偷窺箱裡竟然有從森林的圓形鐵塔爬下來的巨大獨角仙……。都市裡出現抓小孩的怪物獨角仙。
獨角仙大王所統治的恐怖鐵塔王國，到底在日本的哪個地方呢？

11　灰色巨人

從百貨公司的寶石展覽會中竊取珍珠的美術品，
然後抓住廣告汽球朝天空逃逸。但是逮到犯人之後，一看……。
綽號「灰色巨人」的怪人，這次盜走了「彩虹皇冠」。
尾隨怪盜而來的少年偵探團，來到一個馬戲團的大帳棚中。
奇妙的竊賊難道躲到裡面去了嗎？

12 海底魔術師

身上覆蓋著鐵製的鱗片，好像鱷魚一般的尾巴……
在黑暗的海底，有著好像黑色人魚的兩個綠色眼睛的怪物。
爬在地上的怪物想要奪走小鐵盒。
交到明智偵探手中的小鐵盒，
隱藏著載有金塊的沉船秘密！

13 黃金豹

屋頂出現了金色的影子，在月光的照射下，劃破了深夜的黑暗，
全身閃耀著黃金般光芒的豹出現在街上。
襲擊銀座的寶石商、吞掉寶石的豹，突然轉身逃走，像煙一般消失了。
夢幻怪獸到底是什麼東西？
夢幻豹

14 魔法博士

少年偵探團中有兩名好搭檔，他們是井上和阿呂。
看到「活動電影院」之後，
一直跟隨活動電影院的兩人，漸漸進入無人的森林中。
擋在面前的，竟然是可怕的黑影……。
等待著兩人的，是黃金怪人「魔法博士」意想不到的策略。

15 馬戲怪人

熱鬧的「豪華馬戲團」公演時，突然出現了可怕的慘叫聲。
觀眾全都回頭看。
在貴賓席黑暗的角落看到白色骷髏的影子！
攻擊馬戲團團長笠原先生一家人的骷髏男的模樣奇怪。
沒有人知道的大秘密，經由明智偵探及少年偵探團的推理而解開謎團。

16 魔人銅鑼

「噹……噹……噹……」空中傳來宛如教會鐘聲般的聲響，不禁抬頭一看。
結果，發現整個空中出現一張惡魔的臉。
巨大的惡魔正露出尖牙笑著。難道這是神奇事件的前兆……。
惡魔的神奇預言出現了。明智偵探的新少女助手阿步即將遭遇危險。

17 魔法人偶

「我很喜歡留身哦！和我玩吧！」
和神奇的腹語術小男孩人偶相處得很好的留身，跟隨著小男孩和
白鬍子老爺爺到人偶屋去。
迎接他們的是美麗的姊姊，這位穿著長袖和服、名叫紅子的人偶，
看起來就好像活生生的真人一樣這是假扮成腹語術師的老爺爺的魔術。

大展出版社有限公司
品冠文化出版社

圖書目錄

地址：台北市北投區(石牌)
致遠一路二段 12 巷 1 號
郵撥：01669551＜大展＞
電話：(02)28236031
28236033
傳真：(02)28272069

法律專欄連載・大展編號 58

台大法學院　法律學系／策劃
法律服務社／編著

1. 別讓您的權利睡著了(1)		200 元
2. 別讓您的權利睡著了(2)		200 元

・生活廣場・品冠編號 61・

1. 366 天誕生星	李芳黛譯	280 元
2. 366 天誕生花與誕生石	李芳黛譯	280 元
3. 科學命相	淺野八郎著	220 元
4. 已知的他界科學	陳蒼杰譯	220 元
5. 開拓未來的他界科學	陳蒼杰譯	220 元
6. 世紀末變態心理犯罪檔案	沈永嘉譯	240 元
7. 366 天開運年鑑	林廷宇編著	230 元
8. 色彩學與你	野村順一著	230 元
9. 科學手相	淺野八郎著	230 元
10. 你也能成為戀愛高手	柯富陽編著	220 元
11. 血型與十二星座	許淑瑛編著	230 元
12. 動物測驗—人性現形	淺野八郎著	200 元
13. 愛情、幸福完全自測	淺野八郎著	200 元
14. 輕鬆攻佔女性	趙奕世編著	230 元
15. 解讀命運密碼	郭宗德著	200 元
16. 由客家了解亞洲	高木桂藏著	220 元

・女醫師系列・品冠編號 62

1. 子宮內膜症	國府田清子著	200 元
2. 子宮肌瘤	黑島淳子著	200 元
3. 上班女性的壓力症候群	池下育子著	200 元
4. 漏尿、尿失禁	中田真木著	200 元
5. 高齡生產	大鷹美子著	200 元
6. 子宮癌	上坊敏子著	200 元

7. 避孕	早乙女智子著	200 元
8. 不孕症	中村春根著	200 元
9. 生理痛與生理不順	堀口雅子著	200 元
10. 更年期	野末悅子著	200 元

・傳統民俗療法・品冠編號 63

1. 神奇刀療法	潘文雄著	200 元
2. 神奇拍打療法	安在峰著	200 元
3. 神奇拔罐療法	安在峰著	200 元
4. 神奇艾灸療法	安在峰著	200 元
5. 神奇貼敷療法	安在峰著	200 元
6. 神奇薰洗療法	安在峰著	200 元
7. 神奇耳穴療法	安在峰著	200 元
8. 神奇指針療法	安在峰著	200 元
9. 神奇藥酒療法	安在峰著	200 元
10. 神奇藥茶療法	安在峰著	200 元
11. 神奇推拿療法	張貴荷著	200 元

・彩色圖解保健・品冠編號 64

1. 瘦身	主婦之友社	300 元
2. 腰痛	主婦之友社	300 元
3. 肩膀痠痛	主婦之友社	300 元
4. 腰、膝、腳的疼痛	主婦之友社	300 元
5. 壓力、精神疲勞	主婦之友社	300 元
6. 眼睛疲勞、視力減退	主婦之友社	300 元

・心 想 事 成・品冠編號 65

1. 魔法愛情點心	結城莫拉著	120 元
2. 可愛手工飾品	結城莫拉著	120 元
3. 可愛打扮 & 髮型	結城莫拉著	120 元
4. 撲克牌算命	結城莫拉著	120 元

・少年偵探・品冠編號 66

1. 怪盜二十面相	江戶川亂步著	特價 189 元
2. 少年偵探團	江戶川亂步著	特價 189 元
3. 妖怪博士	江戶川亂步著	特價 189 元
4. 大金塊	江戶川亂步著	特價 230 元
5. 青銅魔人	江戶川亂步著	特價 230 元
6. 地底魔術王	江戶川亂步著	特價 230 元

7. 透明怪人　江戶川亂步著　特價 230 元
8. 怪人四十面相　江戶川亂步著　特價 230 元
9. 宇宙怪人　江戶川亂步著　特價 230 元
10. 恐怖的鐵塔王國　江戶川亂步著　特價 230 元
11. 灰色巨人　江戶川亂步著　特價 230 元
12. 海底魔術師　江戶川亂步著　特價 230 元
13. 黃金豹　江戶川亂步著
14. 魔法博士　江戶川亂步著
15. 馬戲怪人　江戶川亂步著
16. 魔人銅鑼　江戶川亂步著
17. 魔法人偶　江戶川亂步著
18. 奇面城的秘密　江戶川亂步著
19. 夜光人　江戶川亂步著
20. 塔上的魔術師　江戶川亂步著
21. 鐵人Q　江戶川亂步著
22. 假面恐怖王　江戶川亂步著
23. 電人M　江戶川亂步著
24. 二十面相的詛咒　江戶川亂步著
25. 飛天二十面相　江戶川亂步著
26. 黃金怪獸　江戶川亂步著

・武術特輯・大展編號 10

1. 陳式太極拳入門　馮志強編著　180 元
2. 武式太極拳　郝少如編著　200 元
3. 練功十八法入門　蕭京凌編著　120 元
4. 教門長拳　蕭京凌編著　150 元
5. 跆拳道　蕭京凌編譯　180 元
6. 正傳合氣道　程曉鈴譯　200 元
7. 圖解雙節棍　陳銘遠著　150 元
8. 格鬥空手道　鄭旭旭編著　200 元
9. 實用跆拳道　陳國榮編著　200 元
10. 武術初學指南　李文英、解守德編著　250 元
11. 泰國拳　陳國榮著　180 元
12. 中國式摔跤　黃　斌編著　180 元
13. 太極劍入門　李德印編著　180 元
14. 太極拳運動　運動司編　250 元
15. 太極拳譜　清・王宗岳等著　280 元
16. 散手初學　冷　峰編著　200 元
17. 南拳　朱瑞琪編著　180 元
18. 吳式太極劍　王培生著　200 元
19. 太極拳健身與技擊　王培生著　250 元
20. 秘傳武當八卦掌　狄兆龍著　250 元
21. 太極拳論譚　沈　壽著　250 元

國家圖書館出版品預行編目資料

黃金豹／江戶川亂步著；施聖茹譯
－－初版－臺北市，品冠文化，2002〔民 91〕
面；21 公分 ── （少年偵探；13）
譯自：黃金豹
ISBN 957-468-159-9（精裝）

861.59　　　　91011585

版權仲介：京王文化事業有限公司

少年偵探 13　**黃金豹**　ISBN 957-468-159-9

著　　者／江戶川亂步
譯　　者／施　聖　茹
發 行 人／蔡　孟　甫
出 版 者／品冠文化出版社
社　　址／台北市北投區（石牌）致遠一路 2 段 12 巷 1 號
電　　話／(02) 28233123・28236031・28236033
傳　　真／(02) 28272069
郵政劃撥／19346241
E - mail／dah-jaan @ms 9.tisnet.net.tw
登 記 證／北市建一字第 227242 號
區域經銷／千淞圖書有限公司
地　　址／三重市中興北街 186 號 5 樓
電　　話／(02)29999958
承 印 者／高星印刷品行
裝　　訂／源太裝訂實業有限公司
排 版 者／千兵企業有限公司
初版1刷／2002 年（民 91 年） 9　月

~~定　價／300 元~~
特　價／230 元